ETHEM EMİN NEMUTLU

GERÇEK MUCİZE KENDİNE İNANMAKTIR

OLİMPOS®

Gerçek Mucize Kendine İnanmaktır
Ethem Emin Nemutlu

Kapak Tasarım: Mehmet Coşar
Sayfa Tasarım: Ceyda Çakıcı Baş
Düzelti: Elif Yalçınkaya

ISBN: 978-605-7906-72-4

OLİMPOS YAYINLARI
Maltepe Mah. Davutpaşa Cad. Yılanlı Ayazma Yolu No:8 K:1 D:2
Davutpaşa / İstanbul
Tel: (0212) 544 32 02 (pbx) Sertifika No: 42056
www.olimposyayinlari.com - info@olimposyayinlari.com

Genel Dağıtım: YELPAZE DAĞITIM YAYIN SANAT PAZARLAMA
Maltepe Mah. Davutpaşa Cad. Yılanlı Ayazma Yolu No:8 K:1 D:2
Davutpaşa / İstanbul
Tel: (0212) 544 46 46 Fax: (0212) 544 87 86
info@yelpaze.com.tr

Baskı: Ezgi Matbaacılık San. Tic. Ltd. Şti.
Sanayi Cd. Altay Sk. No:10 Çobançeşme/Yenibosna/ İstanbul
Tel: 0212 652 62 62 Sertifika No: 45029

ETHEM EMİN NEMUTLU

GERÇEK MUCİZE KENDİNE İNANMAKTIR

OLİMPOS®

Hazırsanız başlayalım!

"...Allah'a inanmış ve O'na teslim olmuş iseniz O'na güvenin." (Yûnus:84)
Önce Allah'a sonra kendine inan!
Yapacağın iş ne olursa olsun, inanmak bir işin yarısını değil neredeyse tamamını tamamlar.

Yaşadığımız bu yalan dünyada en şikâyetçi olduğumuz konu; adım atacağımız şey her ne olursa olsun onunla ilgili inancımızı çok kolay kaybediyor oluşumuzdur.

Bunun en büyük nedeni ise bana göre iç dünyamızda değil de dış dünyamızda istememiz...

Bunu gerçekten istiyor muyum demiyoruz da bu olayı gerçekleştirirsem beğenilirim, sevilirim, hoşlarına gider diyoruz...

Kısacası başkalarına göre yaşamaya çalışıyor; olmadığında ya da yolu yarıladığımızda içsel duygularımızla hareket edemiyoruz.

Vazgeçiyor, pes ediyoruz!

Örnekle açıklamak istiyorum;

Yıllar sonra kendin için bir şey yapmak istedin diyelim, yarım bıraktığın eğitimine devam edecek ve hayalindeki o işi kuracaksın.

Bunu kendine kabul ettirdikten; yani yeterli gücü içinizde bulduktan sonra en yakınlarına bu konuyu açtın; yani içini açtın.

Önce yaşını geçkin bulacaklar, çocukların var ise onların sorumluluklarını hatırlatacaklar, hele bir de kadın isen seni vazgeçirmek adına birçok şey daha sunacaklar ve bu zorlu sürecin seni çok yıpratacağını anlatacaklar...

Ya da bu yıl girdiğin sınavda hedefine ulaşamadığın için mezuna kaldın diyelim, bir yılın kaybolmuş değildir asla!

Hedefin için yeterli bir süre olduğunu düşünüp bu konuyu ailene açtın; göze aldığın ve ikna olduğun süreçle ilgili önce diğer akranlarının bu yılki başarılarını seninkiyle kıyaslayacaklar. Yapmamaları gereken en büyük hatadır evladını başka bir insanla kıyaslamak!

Ve bu yılı kayıp olarak görecekler, empati yapmaya çalışacaklar ama yapamayacaklar ve korkacaklar. İyi niyetleriyle bir yıl daha kaybedersin diyecekler ve hayallerine giden o güzel yolda yoluna kocaman bir duvar örecekler.

Bilmeden de olsa!

Belki sana yeterince güvenmiyorlar; belki de kendilerine güvenmedikleri için faturayı sana kesiyorlar...

Aile her zaman dinlenmelidir ve aile her şeydir...
Aileyi işin içine katmadan diyorum ki:
Akıl aldığın kişilerin başarılarına göz atmalısın,
Muhtemelen kendi güvenli alanlarını genişleterek olumsuz ihtimalleri yaşamamak için hep küçük adımlarla ilerlemişler.
Ayrıca genetik olarak birbirimizle benzerlik içerisinde olsak da deneyim olarak birbirimizden kesinlikle çok fazla farklıyız.
Aynı şartlara maruz kalmış, aynı köşeyi beraber dönen insanlar bile aynı yoldan ilerlemiyorlar.

Yol tek olsa da herkesin yolu farklıdır.

Çünkü istikameti belirleyen –istikamet dediğimiz kaderimizdir– asıl şey başımıza gelenler değildir, başımıza gelenlere verdiğimiz tepkilerle seçtiğimiz yollardır.

Hayat etki tepki alanıdır,

Nefes aldığımız her saniye birtakım etkilere maruz kalıyoruz,

Rabb'inden gelen bir işaret de olabilir bu ve biz bu etkilere karşı verdiğimiz seçimler doğrultusunda kaderimizi yani yolumuzu belirliyoruz…

Ve unutma dostum:

Hiç kimseyle kendini bir tutma, 5 parmağın 5'i bir değildir!

Bir kıssadan hisse aklıma geliyor ve inancı ne olursa olsun beni ilgilendirmez ama tam bir Müslüman gibi cevap vermesi her zaman hoşuma gitmiştir…

Efsane Wimbledon tenis oyuncusu Arthur Ashe, kan naklinden kaptığı AIDS yüzünden ölüm döşeğine düşer…

Dünyanın her köşesindeki hayranlarından mektuplar yağmur gibi yağar…

Bunlardan bir tanesi şöyle sormaktadır: "Neden Tanrı böylesine kötü bir hastalık için seni seçti?"

Arthur'un cevabı ders niteliğindedir:

"Tüm dünyada elli milyon çocuk tenis oynamaya başlar. Beş milyonu tenis oynamayı öğrenir. Beş yüz bini profesyonel tenisi öğrenir. Elli bini yarışmalara girer. Beş bini büyük turnuvalara erişir. Ellisi Wimbledon'a kadar gelir, dördü yarı finale ikisi finale kalır. Elimde şampiyonluk kupasını tutarken Tanrı'ya 'Neden ben?' diye hiç sormadım. Şimdi mi sormalıyım?"

Bu cevaba her zaman imrenmişimdir, bir sorunla karşılaştığında neden diye sormak için güzel günde nedeni sorgulamak gerekir.

İyi bir şey ile karşılaştığında şükür ve hamdolsun demez isen zamanı geldiğinde kötü ile karşılaştığında duaya sarılacak ve neden diyecek gücü, kuvveti veya yüzü nasıl bulabilirsin?

Tabii bu neden sorusu asla bir isyan gibi değildir; incinmiş bir kalpten çıkan, ufak bir sesle sorgulayan, haddini bilen bir neden sorusudur...

Ki cevabı bile içinde gizli!

Kader seni her güne pembe bulutların içinde pamuklara sarmalanmış şekilde uyandırmayacak ama başına gelen dertlere, tasalara, musibetlere nasıl davrandığın çok önemli olacak.

Her olay ve musibetin Allah'tan geldiğini bil dostum ve ona göre davran...

Alan da veren de Allah,
Derde de sefaya da eyvallah.

Gerçek Mucize Kendine İnanmaktır

"Sizin için daha hayırlı olduğu hâlde bir şeyi sevmemeniz mümkündür. Sizin için daha kötü olduğu hâlde bir şeyi sevmeniz de mümkündür. Allah bilir, siz bilmezsiniz." (Bakara:216)

İçsel duygu bütünlüğünü sağlaman gerekir ve bunu yükseğe çekerek daha da ilerleyebileceğini bilmen gerekir.

Her şey insanlık için…

Başkası yapıyorsa sen de yapabilirsin.

Kendine güven!
Karakterini geliştir!
Sorumluluk al!
Ölümü hatırla!
Kötümserleri takma!
Kibar, dürüst, çalışkan ve saygılı olmayı dene ve başar!
Hatalarını affet ve kendini kabullen!
Negatif düşünceleri yen, pozitife çevir!
Kendine ve başkasına söz verdiysen sözünde dur!

Bu duygu bütünlüğünü kendinle konuşarak çözebilirsin ama kendine seslenirken "SEN" diye değil de "BEN" diye hitap etmelisin...

Zorlandığın bir nokta olduğunda "SEN BUNU YAPARSIN" değil "BEN BUNU YAPACAĞIM" demelisin!

Bu beden senin ve bu bedeni canlı tutmak senin elinde, iç seslerin o kadar değerli ki yaşamın sadece nefes almak olmadığını her zaman sana hatırlatır.

Vicdan iyiliği,
Masumiyet sevgiyi,
Aklın kurnaz bir tilkiyi,
Kalbin Rabb'ini
Her daim hatırlatır...

Ama bizim en büyük hatalarımızdan biri de şu ki; maalesef bu motivasyon dolu sözleri başka insanlardan duymak istiyoruz, bir şeyi başaramadığımızda ise muhakkak başkalarını suçlayarak kendimizi rahatlatmayı biliyoruz...

Sen git başkasının gazıyla yapmak istemediğin bir işi yap, sonra da onu suçla, olacak iş mi?

En kötüsü de başkasına uyup pişman olmak...

Unutma dostum:
"BAŞKASININ AKLIYLA YAŞAYAN BAŞKASININ HAYATINI YAŞAR!"

İkna olmak ile inanmak çok farklı iki kelimedir ama biz çoğu zaman anlamları ve kavramları birbirine karıştırıyoruz.

Mesela bir başarı hikâyesi okuduğumda o anki duyguyla "Evet, başarabilirim." diyerek kendimi ikna ederim ama gerçekten kendine inanmıyorsam yoluma çıkan ilk engelde vazgeçip geriye dönmek isterim...

Ya da tam tersi, kendime gerçekten inanıyorsam başkalarının olumsuz telkinleri kısa süreliğine de olsa beni ikna edebilir.

EĞER BİRİSİ SANA BU İŞ İMKÂNSIZ DİYORSA O İŞ ONUN İÇİN İMKÂNSIZDIR EVET; AMA SENİN İÇİN DEĞİL!

O içindeki inanç adım atmak için farklı bir güne, farklı bir zamana kendini bırakıverir...

Ömründe bir kez bile olsa, kendinle ilgili bir olaya veya duruma inanmayı ve o kararın arkasında durmayı başarmalısın.

Öyle bir kavram ki bu; tereddüdü yok eden, acabaları barındırmayan, sorulabilecek tüm soruları önceden cevaplamış, olumsuza sağır, engellere kör ve hayal ettiğine ulaşan bir sistem...

Bu kavramı tecrübe edemeyen milyarlarca insan olduğunu biliyor musun?

İnanmışların hikâyelerini takdir eden ama imkânsıza inandıkları için onları sadece şanslı gören milyarlarca insan...

ÖNCE ALLAH'A, SONRA KENDİNE İNAN,
ALLAH SENİNLE İSE İMKÂNSIZ YOKTUR!
Kûn fe yekûn!
Ol der ve olur!

Mazeret bulmaktan kurtulmanın birkaç yolu...

Hedefini belirle,

Hayattan beklentin nedir?

Nasıl bir hayat yaşamak istersin?

Şu an düşündüğün hedeflere gerçekten ulaşmak istiyor musun?

Bu hedefler için fedakârlığa hazır mısın? Günlerini, aylarını hatta yıllarını bu hedef uğruna harcamaya hazır mısın?

Bu soruları cevaplayarak kendini test et.

Karar ver;

Hedefi belirlediysen ve hedefine ulaşmak için kesin karar verdiysen, vazgeçme korkusuyla başa çıkabilecek misin?

Çünkü her engelde vazgeçme korkusuyla karşılaşacaksın.

Başaranlar ve başarmayanlar arasında en önemli fark karar vermektir.

Karar verirsen harekete geçersin,

Kararın kesinse engelleri aşma gücünü kendinde bulabilirsin.

Kendine inan;

Kendine inanmazsan asla hedefe ulaşamazsın!

Hayatını yönlendiren en güçlü güç sensin!

Başaramayacağına inanamazsan başaramazsın!

Başarı inancını yükseltmen gerekiyor çünkü mazeret inancı yıkıcı başarı inancı ise yapıcıdır!

Kabul ettiğin inancın ne ise o başına gelecektir...

Vazgeçme;

Elektriğin mucidi Edison, ampulü icat etmeye çalışırken ampulün içine koyacağı tel için üç yüzden fazla maddeyi dener ama doğru olanı bulamaz.

Dostları Edison'a şöyle der; üç yüzden fazla maddeyi denedin ama yine de bulamadın, başaramadın. Neden vazgeçmiyorsun hâlâ?

Edison'un cevabı muhteşem olur.

Ben bu denemelerle üç yüzden fazla maddenin ampulün içine konamayacağını buldum!

Ve vazgeçmez.

Bine yakın deneme sonunda ampulü ışıklandıracak maddeyi bulur!

Aynen öyle dostum, asla vazgeçme, yoluna engel çıkması demek sonuca yaklaştın demektir!

Bir inanana ait, takdire şayan bir hikâye anlatayım. Aslında okuyanlar bilir *Nasip Niyete Vurgundur* romanımdaki Sedat'ın hikâyesi, yaşanmış bir hayat öyküsü:

Sedat hayatı boyunca çile çekmemiş, sıkıntı görmemiş, şımarık, kumarbaz bir adam, kalbinde iyilik var mı var ama hayat şartları diyelim, onu böyle büyütmüş.

Ailesi tarafından hiçbir zaman onay almayan bir hayata sahip; sorumsuz, kendi çocuklarına bile bakmayan bir baba, eşine eşlik yapmayan bir adam.

Kumar kumar kumar...

Abisi tarafından bir gün öyle bir kandırılıyor ki tüm şirketleri satılıyor, tüm borçlar üstüne yıkılıyor, adı dolandırıcıya çıkıyor ve en korkuncu da küçücük bir derdi olmayan bu adam cezaevine gönderiliyor.

Eşinin cezaevine giderken söylediği bir cümle inancını yitirmesine engel oluyor.

İnancı kalbine koyan Sedat cezaevinin yolunu tutuyor ve cezaevinden asla kurtulamayacağını düşünerek karamsarlığa kapılıyor.

O karamsarlık içindeyken ise yaşlı bir adam ona Hz. Yusuf'un hikâyesini anlatarak inancını tazeliyor...

Kısaca Hz. Yusuf'un hikâyesini de eklemek isterim...

Kardeşleri tarafından kuyuya atılıyor, kuyudan çıkarılıyor, köle olarak satılıyor, köle olarak satıldıktan sonra iftira sonucu hapse atılıyor, hapiste herkese iyi davranması sonucu kralın karşısına çıkarılıyor, kral onu maliye bakanı ilan ediyor, kardeşlerini gördüğünde hepsini yanına alıp onlara tekrar bakmaya başlıyor...

Kuyuya atılan, köle yapılan, iftira atılan, hapse koyulan Hz. Yusuf, sultan olarak kardeşlerine bakıyor...

İnancı sayesinde hiç vazgeçmiyor...

Neyse konumuza dönüyorum;

Sedat inancını tazeledikten sonra asla kalbinde kötülüğe izin vermiyor; fakat dert bu ya, gelecek ya üst üste, bu hapis olayı ve abisinin paraları alıp kaçmasından dolayı babası vefat ediyor, annesi yataklara düşüyor...

Hapisten Sedat'ı arkadaşları kurtarıyor ve babasının bıraktığı bir mektup ile tüm hayatı boyunca yapmadığı şey olan çalışmayı ve inanmayı başarmak için çabalıyor.

Küçücük bir arsadan bir şehir kadar araziye ulaşıyor, zeytin üretiyor ve dünyanın sayılı iş adamlarından biri oluyor.

Sonunda ise abisini bir ülkede bulup yanına alıyor...

İnancını ne zaman yitirse önüne bir şey çıktı ve tazelendi, asla kalbini kötülüğe teslim etmedi.

Bir kez olsun, tamamen vazgeçtim, deseydi ya da bir sabah o cezaevinde evet ben yaptım, abim ne ise ben de oyum deseydi asla ve asla düzelemezdi...

Diyeceğim o ki her insan bu dünyaya bir amaç için geliyor ama her insan bunu keşfedemiyor; sorun bu zaten, keşfedememek.

Sana milyarlarca insanın amacını bulmadan göçüp gittiğini söylesem?

Tek bir alanda muazzam bir yeteneğin var unutma asla; kimi sıradan bir çöp yığınında gelişmiş bir alet görüyorken, kimi yüz yıllar önce yazdığı bir paragrafla günümüzü aydınlatıyor.

Kimi sesiyle neşe saçıyor, kimi hastalıkları iyileştiriyor, kimi kötülüğü kimi iyiliği bulaştırıyor.

İçindeki o güzel gücü küçümseme, keşfetmeye kendinden başla; bir kalem al çiz, yaz, boya; bir mikrofon al eline söyle; dene, durmadan dene, bulana kadar dene...

Dünyayı kurtar demiyorum sana ya da çok büyük hedefler koyarak yola çık demiyorum, yetenekli olduğun alanı bulabilirsin...

Kendine "Bunu yapabilirim" de, lütfen...

Bazıları sana ya da bana göre şanslıdır; içindeki susmayan ses çocuk yaşta belli eder kendini ama bazıları 50 yaşındayken bu yeteneği keşfeder.

50 yaşında bu yeteneği keşfeden bir adamın bir sözü;

"50 senem boşa giderken kendimi heba ettiğimi hiç düşünmemiştim.

Mutluluk dediğin şey bir şeyleri başardığında içine doğuyormuş, bilememişim..."

50 yaşına kadar standart toplumun normal kabul ettiği bir hayat süren bu adam, 50 yaşındayken çıktığı bir tatilde doğayla bütünleşme fırsatı ediniyor, bir hafta boyunca farklı ağaç türlerini uyumlu topraklara ekerek tohumlar hakkında fikir-

ler alıyor. Bazılarımıza şimdi boş gibi gelecek bu hobi ama bu 50 yaşındaki adamı hiçbir zaman heyecanlandırmadığı kadar heyecanlandırıyor ve araştırmalarını geliştirerek gün gün, hafta hafta, ay ay, yıl yıl durmadan inancını yükselterek yangın çıkan bölgelerdeki minerali ölmüş verimsiz toprak parçalarını yeşillendirmeye adıyor kendini ve dostum başarıyor.

Çünkü o inandı başaracağına...

Çünkü yetenekli olduğu alanı kalbindeki inancıyla birleştirebiliyor.

Öyle bir denge ki bu, inandığın bir alan yoksa orada kocaman bir boşluk vardır ve bu boşluğu doldurmak o kadar zordur ki; yoluna engeller çıkar, vazgeçirmeye çalışırsın ama durma, bul o yeteneği! O yetenek senin için öyle değerli ki bulduğunda şükrü ve hamdetmeyi ağzından düşürmeyeceğine inanıyorum...

Kendine ihtiyacın var ise
Kendini kendinden esirgeme!

Gerçek Mucize Kendine İnanmaktır

İzlediğim bir belgeselde mükemmel bir kedi türü oluşturmaya çalışan bir grup bilim adamı yıllar süren hummalı bir çalışmaya başlıyorlar.

Doğada farklı bölgelerde yaşadıkları için karşılaşıp çiftleşmesi mümkün olmayan kedi türlerinden aldıkları üstün genlerle laboratuvar ortamında yeni ve üstün bir tür oluşturmaya çalışıyorlar.

Afrika aslanından savaşçılık ve liderlik özelliklerini,

Sibirya kaplanından devasa cüssesini,

Çitanın efsanevi hızını,

Vaşağın mükemmel kulaklarını,

Leoparın üstün kamuflaj yeteneğini,

Jaguarın ağaçlara tırmanmadaki profesyonelliğini alıyorlar...

Ne kadar muhteşem fikir değil mi?

Bir kedide tüm özellikler, hem de en üstün yetenekler.

Bilim adamları ne yapsalar ne etseler de olmuyor, deniyorlar olmuyor, deniyorlar olmuyor...

Her zaman farklı bir problemle karşılaşıyorlar.

Çitanın efsanevi hızını sağlayan uzun bacakları ve hafif pençeleriydi ancak en güçlü türü oluşturmak için daha büyük ve ağır pençelere ihtiyaçları vardı.

Jaguar kısa ve esnek ayakları sayesinde ağaçlara rahat tırmanabiliyordu fakat heybetli bir gövde bu ayaklara uygun değildi.

Kamuflaj yeteneği hayvanı doğada daha iyi gizliyordu lakin aslanın dikkat çeken koyu renkli yelesi erkeklik hormonu göstergesiydi ve savaşçı yönü buradan geliyordu.

Vaşağın iyi duyan, sivri ve uzun kulakları savaşçı bir hayvanda olduğunda rakipleri tarafından kolayca koparılabiliyordu.

Ne yapsalar olmadı, mükemmel özellikler bir hayvan çatısı altında asla toplanamıyordu.

İnsanlar da aynen böyledir.

Allah her insana farklı özellik vermiştir dostum, bu özelliği bulman gerek.

Öğrenme bozukluğu çekmen seni mükemmel bir ressam yapabilir.

Analitik bir zekân vardır ancak öte yandan ilişkilerde çok başarısız olabilirsin. Ama bu zekân, insanlık için bir buluş yapman için en büyük destekçin olabilir.

Herkesin yeteneğini takdir et ve kendi yeteneklerini asla eksiklik olarak görme.

İçinde senin onu duymanı ve ona inanmanı bekleyen bir cevher var.

Onu duymaya ve keşfetmeye çalışmalısın.

Dene, tekrar dene ve vazgeçme.

Bu konuda dünyanın en zengin yeri kesinlikle mezarlıklar...

Mezarlıklar hiç bulunmamış icatlar, hiç keşfedilememiş yetenekler, hiç umursanmamış hayaller ve denenmemiş fikirlerle dolu.

Ve son olarak insanlar hayallerini seçmezler, hayaller insanları seçerler.

Bir hayalin var ise ona başkalarının sahip çıkmasını bekleyemezsin.

Üretim esnasında her arabaya yolunu aydınlatabilsin diye far eklenir, hiçbir araç sokak lambalarına güvenerek trafiğe çıkartılmaz!

Sen de dünyaya öylesine bırakılmadın, Rabb'im herkese bir yetenek bahşetti ve o ışığı içine bıraktı; seni ileriye götürecek, seni hayallerine kavuşturacak...

Yeter ki kendine ve Rabb'ine inan...

Dua ile, sabır ile deneye deneye... Unutma ki hiçbir şey için geç değil, deneye deneye bulacaksın, içindeki mucizeye inanamayacaksın...

Senin hayalini kimse gerçeğe çeviremez,
Bu, senin yapabileceğin bir şey!
Pes edemezsin!
Bu hayal, senin hayalin!
Bu, senin içindeki tek gerçeğin!

Gerçek Mucize Kendine İnanmaktır

**İNSANLAR SANA;
SEN KENDİNE NE KADAR İNANIYORSAN
O KADAR İNANACAKLAR.**

Bir çocuğun ayakkabısı denize düşüp kaybolur,

Çocuk gider sahile "BU DENİZ HIRSIZDIR!" diye kuma yazıverir hemen…

Biraz sonrasında bir balıkçı yanaşır, ağında bol miktarda yakaladığı balık vardır,

Koşar sahile "BU DENİZ CÖMERTTİR!" diye yazıverir hemen…

Biraz sonrasında bir genç boğulur denizde can verir,

Acılı annesi koşar kumsala "BU DENİZ KATİLDİR!"…

Başka bir balıkçı ise inci barındıran bir istiridye çıkartır denizden,

Koşar kumsala "BU DENİZİN GÖNLÜ ÇOK ZENGİNDİR!"…

En sonunda koca bir dalga gelir, kumsaldaki tüm yazıları siliverir!

Bir bilge gelir kumsala, şunu yazar:

"DENİZ OLMAK İSTİYORSAN BAŞKALARININ NE DEDİĞİNE ÖNEM VERMEYECEKSİN!"

Biraz sohbet zamanı...

Alican: Herkesin dilinde motivasyon kelimesi var ama neredeyse bütün kişisel gelişim öğretileri bencilleşmeyi aşılıyor insana. Oysa annelerimize babalarımıza baksana. Hiç mi sıkıntı yaşamadılar? Hiç mi zorluk çekmediler?

Talip: Mutlaka yaşadılar, hem de çok fazlasını!

Alican: Çağımızın en büyük hastalığı şımarıklık değil mi? Herkes en büyük derdin kendisinde olduğunu sanıyor.

Talip: Ama bu insanın doğasında var. Hepimiz dertlerimizi büyütmeye, mutluluklarımızı ise küçümsemeye meyilliyiz. Hep başkalarının bizden daha mutlu olduğunu sanırız.

Alican: Ayağı taşa takıldığında feryat eden insanlara dönüştük.

Talip: Bir kere şunu kabullenmek lazım; her çağın insanı, yaşam koşulları, alışkanlıkları farklıdır. Son yirmi yılda, hatta o kadar geriye gitmemize bile gerek yok on yılda değişen şeyleri aklına getir.

Alican: Teknoloji.

Talip: Teknoloji ve getirdikleri, nesiller boyunca devam eden birçok şeyi geride bırakmamıza sebep oldu. İyi yanları tabii ki de tartışılamaz ama çağımız insanı içinde kocaman bir boşlukla yaşamaya başladı.

Alican: Haklısın ama... Bencilleşerek mi savaşacağız bu durumla?

Talip: Savaş kelimesini hiçbir koşulda doğru bulmuyorum. İnsanın kendine değer vermeden çabucak tükeneceği ve başkalarına da değer veremeyeceği gerçektir. Kötülük; iyiliğin olmayışı değil, insanın kalbinde Allah sevgisinin yokluğudur. Bilim ve teknoloji pek çok şeyi açıklar ama insanın içindeki inanç boşluğunu dolduramaz. Ancak Allah'a ve yarattıklarına duyulan sevgiyle kâinata barış ilan edersin. Sevdiğin kadar sevilirsin. Verdiğini aslında kendine verirsin. Allah ile başlattığın her adım senin hayrınadır.

Alican: Peki, bencillik?

Talip: Yani, Allah adıyla seven insan bencilleşmez. Sevgilerin en değerlisi ve dengelisi ona duyulandır. Bir insanın kalbine sirayet ettiğinde, yarattıklarını da sevdirmeye başlar. Kirli olan pencereler aydınlanır. Dünyaya yepyeni iki gözle bakmaya başlarsın. Karşılık beklemediğin için yaptığın iyilik omuzlarına yük, kalbine fesat bindirmez. Kıyaslamayı bırakırsın. Kendi yolunda yürümeyi, önünden yemeyi ve başkalarına saygı duymanın zorunluluk olmadığını anlarsın; tüm bunları içinden geldiği için yaparsın çünkü içinde onun sevgisi taht kurmuştur.

Alican: Haklısın dostum ama bazen sabır kalmıyor insanda.

Talip: Önemsemediğin insanlar mutlaka olacak ama bu onları kırabileceğin anlamına gelmez. Uygun bir dille iletişimini düzenlediğinde her şey yoluna girecektir. Burada da sosyal zekâ kavramı devreye girer. Biz insanlar temasta kalmadan yaşayamayan ama çok uzun süre temasta kaldığımızda da boğulduğumuzu hisseden varlıklarız. Yani sosyalleşmek bir zorunluluktur ama sosyal ilişkileri yönetmek de önemlidir. İçimizde ve dışımızda olan her şey birbirinden beslenir. Başkalarına saygısızlık yaparak kendine olan saygını korumaya uzun süre devam edemezsin ya da tam tersi. Sosyal zekânın en büyük belirtisi de empatidir.

Alican: Yani, kendini karşındakinin yerine koyabilmek.

Talip: Kendine yapılmasını istemediğin şeyi karşındakine yapmamak ya da onun yerinde ben olsaydım nasıl bir tepki verirdim diye düşünmek. Hz. Peygamberimizin pek çok hadisi bizlere bunu aşılar. Kimseyi hor görmeden, barış içinde yaşamanın en güzel yolu budur çünkü. Yaşattığını yaşamadan ölmezsin der. Ayıpladığın, küçümsediğin, hor gördüğün ne varsa başına gelir der. Gözler kalple aracısız bağlantıdadır dostum. Çirkinliğin içindeki güzeli görmeye alışan iki göz, kalbi parlatan iki ayna gibidir. Kişi gördüğü kadardır. Gördüğünü hisseder. Güzel hissetmek isteyen güzel görmeye çalışmalı.

Alican: Aslında herkesi küçümsüyor, kendimizi fazla önemsiyoruz.

Talip: Kendini önemsemek, değerini bilmek ve potansiyelini keşfetmek güzeldir dostum ancak bunu kendimizden aciz olanları küçümseyerek yapamayız. Kendine gerçekten inanmayı başaran insan zaten başkalarının ne dediğiyle ilgilenmediği gibi başkalarında kusur aramayı da bırakır. Nerede dedikoducu fesat biri varsa, emin ol; hayat gayesini unutmuş ve tembellik eden biridir. Boş duranı Allah bile sevmez diyen atalarımız aslında bunu kastetmiştir. İnsan boş durduğunda, önce kendini sonra başkalarını fazlaca dinlemeye başlar. Onların hayatlarını eleştirir, mutsuzluklarından mutluluk edinir, eksik ve çirkin olan ne varsa görmeye başlar. Kalp de böyle kirlenir. Rabb'im insanı üstün akıl olarak yaratmıştır ve aslında yaşadığımız toplumda birbirimizin pek çok şeyinden de sorumlu kılmıştır. Komşusu açken tok yatan bizden değildir der. Hayvanlar benim sessiz kullarımdır der. İnsan kalbi kırmayı Kâbe'yi yıkmakla bir tutar. İlgilenmemiz gerekenler bunlardır; oysa biz ibadetimizi bile başkalarıyla kıyaslayarak kimin cehenneme gideceğini biliyormuş gibi davranırız. Bunu ancak Allah bilir.

Alican: Üzerimize vazife olmayan pek çok şey aslında içimizdeki boşluğu büyüten şeyler değil mi?

Talip: Büyük işler başarmak isteyen insan bunlarla ilgilenmez dostum. Kimin ne giydiği, ne kadar ibadet ettiği, ne günah işlediği önemli olmaz. Niyetin önemli olduğunu bilir ve kendi niyetini Allah sevgisiyle temiz tutmaya uğraşır. Fatih Sultan Mehmet Han yayınladığı fermanında; insanlara oruç tutuyor musun, namaz kılıyor musun gibi Allah'ın kula soracağı soruları değil; karnın aç mı, bir ihtiyacın var mı gibi kulun kula soracağı soruları yöneltin der. Yargı sahibi olan yalnızca Allah'tır.

Alican: Çok doğru söylüyorsun dostum ama insanlar olarak neden birbirimize tahammülümüz yok?

Talip: Farklı ailelerde büyümüş, farklı kültürlerde yetişmiş onlarca milletin insanı artık büyük şehirlerde birbirine temas etmeye başladı. Kendi kardeşinle bile iki gün bir arada kalınca kavga etmeye başlıyorsan, kendinden bu kadar farklı insana tahammül etmek de insanı zorlayabilir. Ancak insanlardaki farklılıklar bir araya gelince değerler ortaya çıkar. Hükümet Kadın filminde bir diyalog geçer ve der ki; "Bu dünya, senden olmayanlarla hoştur." Herkes beyaz olsa o zaman beyazı fark edemezsin ki. Değil mi? Beyaz en güzel siyahta belli eder kendini. Beni ben yapan yegâne şey; benden olmayandır. O yoksa sen de yoksun. Ne anlamın kalır ne rengin belli olur ne de tadın.

Küçümseyerek, eleştirerek ve hor görerek kendi özgüvenini yükseltemezsin dostum. Ancak anlık bir tatmin yaşar ve kalbini biraz daha karartırsın. İnsanlar din, dil, cinsiyet ve ırk olarak ayrılmazlar. İnsanlar sadece ve sadece iyi insanlar ve kötü insanlar olmak üzere ikiye ayrılırlar. Hangi tarafı seçeceğine karar vermelisin. Önünden Yahudi cenazesi geçerken ayağa kalkan bir peygamberin ümmeti olduğumuzu unutma. Dünyadaki her şeyin üstünde olan tek şey sevgidir ama Allah'a duyulan sevgi onun da üzerindedir.

Alican: Allah'ı seviyoruz diyoruz ama bunu ne kadar başarabiliyoruz ki?

Talip: Allah'ı ne kadar çok sevdiğin sana emanet ettiği bedene ne kadar iyi baktığın, sana bahşettiği ruhu ne kadar güzel yaptığın ve yarattıklarına ne kadar yardımcı olduğunla anlaşılır. Allah'ı seviyorsan ondan olan, onun yarattığı her şeyi seveceksin.

Alican: Ama bu nasıl mümkün olur?

Talip: Kolay olduğunu söylemiyorum ama mümkündür. Kötülük nasıl öğrenilen bir şeyse, sevgi de aynen öyle bulaşıcıdır. Sana kötülük eden birine vereceğin en büyük ceza ona tepkisiz kalmaktır. Sana hakaret eden biri; en çok sen susarsan delirir. Kale almamak cezadır. Kendine yönelmek hayırlıdır dostum. Bir amaç edinmek ve bu amaç uğruna yaşamak gerçekten yaşadığını hissettirir. Allah'a inanmak ve sonrasında kendine inanmak, yapacağına, başaracağına ve onun kurduğu ilahi düzende imkânsızın olmadığına inanmak. Bu hayat sana bahşedilmiş bir armağan ama sahip olduğun her şey ödünç. Yani hepsini mutlak kudret sahibine teslim edeceksin ve asıl hesap onun senden soracaklarıdır. Nasıl bir hayat yaşamak istiyorsun? Bulduğun dünyayı nasıl daha güzel bir yer hâline getirebilirsin? Gözlerini güzel görmeye alıştırabilir misin? Huzura çıktığında tertemiz bir kalpten başka yardımcın olmayacak.

Kendime Not:

....

....

....

....

....

Gerçek Mucize Kendine İnanmaktır

Umutsuz olmaz!
An gelir gözün bir metre ötesini göremez, ufkun daralır, için sıkılır...
Acılar farklı, insanlar çeşit çeşit ama umutsuzluk tektir!
Neyin sonucu olursa olsun insan bir umutsuzluğa kapılır işte o an
Tevekkül zamanı gelmiştir, bunu algıla!
Allah'ın terazisi şaşar mı?
Güven Allah'a...
Güven ki;
Açılmaz dediğin kapılar açılsın!
Geçilmez dediğin yollara köprüler kurulsun!
Bitmez dediğin karanlığına güneş doğsun!
Allah kimseye kaldıramayacağı yük vermez,
Allah kendisine güvenenle beraberdir!
Sen bittim dediğinde yettim diyendir!

Ne diyor Rabb'in;
"SAKIN ÜMİTSİZLİĞE DÜŞENLERDEN OLMA!"
(Hicr:55)

Bazen bakarsın "Bu iş imkânsız" dersin,
Bazen bakarsın "Yenemem bu adamı, bu adam efsane" dersin,
Ama biri gelir "Bu iş kolay, ya Allah" der ve yapar!
O baktığında alt tarafı bir adam görür, yener, geçer,
Senden daha yetenekli olduğu için değil,
Senden daha şanslı olduğu için hiç değil,
Bakış açısından!
O yapacağına inanır!
Sen ise yapamayacağına!

"Unutma ki bizde güçlü olan değil, Allah'ın yanında olduğu kazanır,
Sen Allah' a güvenirsen imkânsız sadece zaman alır!"

Ünlü bir iş adamı zengin olduktan sonra insanlara yardım etmeyi bırakır, daha önce yapmadığı ne varsa yapmaya kalkar, dünya işlerine daha çok yönelir, Allah'tan uzaklaşır ve zevkle sefaya düşer...

Ultra lüks hayatına devam ederken birdenbire ülkedeki kriz yüzünden sıkıntılar yaşamaya başlar.

Öncesinde duayı, yardımı eksik etmeyen, aile ilişkileri düzgün olan bu büyük iş adamının şu anda sadece maddiyata dayalı bir çevresi kalmıştır, kriz onu çok etkilediği için, yani kısaca maddi sıkıntılar çektiği için, hiç kimse yanında kalmamıştır!

Çok başarılı olsa da artık tükenmiş bir hâle bürünen, ne yapsa elinde kalan bu adam hiçbir çıkış bulamaz...

Yüzü olmasa da annesinin yanına gider, ona durumu anlatır. Annesi ise Allah senden vazgeçmemiş, bu bir sınav, sen Allah'a güven ve git namazına tekrar başla, elinde yokken yardım etmeye tekrar başla, yoklukta yapılan yardım varlıkta yapılandan iyidir der ve oğluna birçok öğüt verir.

Büyük iş adamı artık büyük iş adamı değil, büyük borçların sahibi bir adamdır. Annesinin yanından ayrılan bu adam çıkar çıkmaz bir caminin yolunu tutar ve şükür namazı kılıp dua eder, duasında Rabb'ine yalvararak özür diler.

Ama bu öyle bir dua ki düzelmek için ya da maddiyat için değildir; sadece ve sadece hatalarını anlamış, özür dileyen, af dileyen bir kulun duasıdır...

Camiden çıktıktan sonra caminin karşısındaki parkta banka oturup, içindeki rahatlamayla birlikte ne yapacağını düşünmeye, planlar kurmaya başlar.

Bir güven gelmiştir ve bir mucize beklemektedir.

Yanına bir adam oturur ve "Seni izliyorum, camiye girişini de gördüm, çok kötü hâldeydin girerken ama çıktığında sanki kendine gelmiş, bir rahatlama hissetmiş gibisin, merak ettim yanına geldim," diyerek selam verir bizim büyük dertli küçük iş adamına.

İş adamı da anlatmaya başladı; çok sıkıntılı günler yaşadığını, ne yaparsa yapsın düzeltemediğini ve artık sona geldiğini, bir yol aradığını ama onu da bulamadığını anlattı. Bu esrarengiz adam ona beklenmedik bir cevap verdi:

"Sana yardım edebilirim."

Ve çek defterini çıkarıp iş adamına ismini soy ismini sorarak bir çek yazdı, çeki uzattı ve ekledi; "Bu para senin, bir yıl sonra tekrar burada buluşacağız ve borcunu burada bir yıl sonra bana tekrar ödeyeceksin.

Anlaştık mı?"

Bizim iş adamı şaşırdı, çeki aldı, "Anlaştık" dedi ve esrarengiz adamın "Görüşürüz" deyip gitmesini izledi; dakikalarca elinde çek, adamın arkasından öylece bakakaldı.

Silkindi ve çeke baktı; çekte "100 bin dolar" yazıyordu, imza ise ülkenin en zenginlerinden birine aitti. Şükür namazını ve duasını düşündü, tekrar tekrar dua etmeye başladı. Bu kadar çabuk geri dönüş almasına hem hayret ediyordu hem de Allah isteyince her şeyin olabileceğini biliyordu.

Hemen şirketine gitti ve tüm borçlarımı bitirebilirim artık diyerek bir rahatlama ile bir plan oluşturdu, çeki bozdurmak yerine oluşturduğu planla borçlarını çalışarak ödemeyi hedefledi, güveneceği bir çek vardı nasılsa, onu kasasına koydu ve işine dört elle sarıldı.

Küçük büyük demeden her işi değerlendirmeye başladı, ödeme planlarını tekrar yapılandırdı, o iyi çalıştıkça iyi işler de ona gelmeye başladı.

Yardım etmeye başladı tekrar insanlara, kazançlarıyla hem borcunu ödüyor hem de yardımını eksik etmiyordu.

1 yıl boyunca o çeke dokunmadan tüm borçlarını bitirip birikim bile yapmıştı ve artık o çeki iade etmesi gereken gün gelmişti.

Eline aldı çeki ve parkın yolunu tuttu.

Kararlaştırılmış saati bekledi ve saat geldi. Yaşlı adamın uzaktan hızlı adımlarla ona doğru geldiğini gördü, tam çeki ona uzatıp başarı öyküsünü anlatıp yardımı için teşekkür edecekti ki arkasından bir hemşire geldi ve yaşlı adamı bir anda tuttu.

Hemşire, iş adamına dönüp; "Onu hele şükür bulduk ve yakaladık. Sizi rahatsız etmemiştir umarım," dedi.

İş adamı şaşkınlık içinde; "Hiçbir şey anlamadım, ne diyorsunuz?" diye hemşireye sordu.

Hemşire ise;

"Bu bey sürekli huzur evinden kaçıyor ve bu parka geliyor, herkese kendisinin çok zengin olduğunu söylüyor ve sahte çek dağıtıyor…"

Bizim iş adamı oturduğu yerde kalıyor!

Donuk bir hâlde bakıyor!

Hemşire yaşlı adamın koluna giriyor uzaklaşıyor…

Bizim iş adamında tepki yok ve bütün bir yıl boyunca 100 bin dolar olduğunu düşündüğü çekin sahte olduğunu fark ediyor.

Hayatının akışını değiştiren şeyin aslında bir hiç olduğunu, sadece Allah'a kulluğu bırakmadan kendine inanarak çalışarak her şeyi yapabileceğini tekrar anlıyor...

İşte böyle dostum hayatı değiştirebilecek tek şey;

İnanç ve kendine güvendir!

Evet, dün hata yapmış olabilirsin ama bugün nefes alıyorsan dündeki yanlışını tekrar yapmayabilir ve yarınını inşa edebilirsin!

Evet, ben sana sen "Yapabilirsin" demeyeceğim ama sen kendine "Evet, yapabilirim" diyebilirsin!

Unutma ki; sen çok güzel bir mucizesin…

Başarısızlık,
Başaramayacağın anlamına gelmiyor!
Henüz başarmadığın anlamına geliyor!
Başarısızlık,
Beceriksiz olduğun anlamına gelmiyor!
İnancının fazla olmadığı anlamına geliyor!
Başarısızlık,
Bir utanç kaynağı anlamına gelmiyor!
Çabaladığın anlamına geliyor!
Başarısızlık,
Bir daha yapamayacağın anlamına gelmiyor!
Farklı bir yol izlemen gerektiği anlamına geliyor!
Başarısızlık,
Pes et artık anlamına gelmiyor!
Çok daha fazla emek harcaman gerektiği anlamına geliyor!
Başarısızlık,
Asla yapamayacaksın anlamına gelmiyor!
Tecrübe edindin, bir dahakine daha iyi olacak anlamına geliyor!

Ne iş olursa olsun kendine inandığın zaman,
Başarıya susuzluk çekiyor insan!
Küçücük gözüken işlere bile özeni veriyor ve büyük işleri küçük detaylarla ele geçiriyor!
"Her işi titizlikle yapıp sabır gösterebilendir en büyük başarıları yakalayan insan!"

Hiç kimse yalnız değildir, kimse yanında olmasa bile Rabb'in seni terk etmedi ve sana darılmadı demiyor mu o güzel Duhâ Suresi...
Ki yalnız olan bir insan yalnızlığından birine bahsedebilir mi, bahsedemez.
Ben yalnız hissettiğim an duamı alırım avuç içime, başlarım semaya içimi dökmeye...
Allah kırık kalplerledir bilirim...

Şu an insan hayatındaki en önemli faktörün sosyalleşmek olduğunun sen de ben de farkındayız; oysaki fazla iç içe olduğumuzda stres oluyor ama yalnız da yaşayamıyoruz.

Günümüzde artık insanlara ulaşmak, insanlarla iletişim hâlinde kalmak o kadar kolay ki. Telefon denilen teknoloji harikası eşyayı artık bedenimizin bir parçası hâline getirdik, yanımızdan ayırmıyoruz ve birine tuvalette dahi olsa ulaşabiliyoruz.

Fakat birine ulaşabilmek onunla iletişim kurmak anlamına gelmiyor ve tam tersine dostum, o anda ulaştığın kişi yaşadığı kötü ruh hâliyle sana negatif bir cevap verebiliyor istemeden de olsa ve bu durum ilişkinizi zedeleyebiliyor.

O an belki o kişiye çok ihtiyacın var fakat o an o kişi de annesiyle çok önemli bir problemi konuştuğu için sana soğuk ve negatif cevaplar vererek telefonu kapatıyor.

Açıklama dahi yapmıyor ve yanında olmuyor, oysaki sen onun veya onların ihtiyacı olduğunda hep yanlarındaydın...

Bu dünyada ve sıkışık bitişik bir yaşamda yalnız kalabilmek artık gerçekten bir lüks hâline geldi ama bu durum uzun süreli olmaya başladığında lüks olmaktan çıkıyor.

Ara sıra yalnız kalmak, kendi içindeki güzel sesli iç sesinle konuşabilmek ve kendi kendine olan arkadaşlığını yönetebilmek tabii ki güzel ama çoğu insan bu durumdan korkarak yanlış ilişkiler ve yanlış duygu alışverişleri içerisine giriyor ve bir süre sonra bu alışveriş sadece veriş olarak kalıyor, yani kendinden ödünler vermeye başlıyorsun.

Ben, kendime yeterim!
Rabb'im benimle!

Evet, çok doğru, kimseye ihtiyacın yok bu cümlelerle fakat bu cümleler sosyalleşmek ve hayatı idame edebilmek için değildir.

Ben sana yalnızlıktan değil, sosyalleşmekten bahsediyorum...

Anne, baba, aile, kardeş, sevgili, arkadaş ve benzeri kişilerle olan iletişim çok çok önemli.

İç dünyanda veya dertlerle baş başa kaldığında elbette kendine yetersin ve Rabb'im seninle...

Ve unutmayalım; her zaman bu dünyada kendimize yetemiyoruz, sosyalleşme ihtiyacı duyabiliyoruz, çok aç kaldığında nasıl ki kendi parmaklarını yemiyorsan, çok uzun süre tek başına kendinle ettiğin sohbet sana yetmez, kimseye yetmez.

Bir ihtiyaç hâline gelir biriyle sohbet etmek, sosyalleşmek. Peki, bu durumlar için doğru kişi kim dersen onu ben bilemem, onu bulamamış olabilirsin ama yaşadığın arkadaşlıklar, ilişkiler yanlış dahi olsa geçmişinde artık yanlışı tanıyor, biliyorsun...

Sağlıksız bir yemek yedikten saatler sonra miden tepki verir, ruh da böyle işte; bu yanlış insanlara tepkiler vermeye başlar.

Yanlış insanlarla gününü bitirdiğinde daha mutsuz, daha karamsar hâle bürünüyorsun fakat yalnız kalmayıp sosyalleşmiş sayılıyorsun, ne kadar acı...

İnsanlar acılarını küçümsemeye başladığında acınacak hâle geldiklerinin farkında değiller.

İstemediğin bir insanla sırf gezeyim ve fotoğraf paylaşayım diye sosyalleşmek bence doğru değil, sence de doğru olmamalı.

Mutsuz olduğun zamanlarda enerjini yüksek tutabilmek için bencilleşmekten bahsetmiyorum, hayat her zaman kahkahalar sunmaz ya da sadece eğlenceden oluşan bir lunapark alanı değildir. Ve ağlamanın şans olduğunu hatırlatmak isterim sana!

Çünkü ağlamak 1 saat sonrasında çekeceğin baş ağrısını ortadan kaldırır, seni rahatlatır, ferahlık verir sana, zihnini açar, vücudunu gevşetir, hatta güçsüz gözükmemek için ağlamayanlar bunu da yanlış bilir, ağlamak bir güç göstergesidir!

Ağlamak;
ağlatmaktan daha güçlü bir duruştur!

Bir insana eğer derdini anlatıp onu derdine ortak edemiyorsan onunla sosyalleşmenin anlamı yoktur, "Gün bitsin, derdim bu." diyorsan yanılıyorsun, gün öyle ya da böyle bitecek fakat ya sen bu tercihlerle bitersen diye hiç düşündün mü?

Destek olmak güzeldir, insanlara her zaman destek ol. Tabii ki onunla eğlenmiyorsun, kahkaha atmıyorsun diye destek olamazsın demiyorum. Burada senin hissiyatından bahsediyorum, eğer bir insana sır dediğin bir bilgiyi veremiyorsan onunla gülebilirsin fakat onunla kalbinden gelen bir kahkaha asla atamazsın.

Hayat bu; inişleri çıkışları var, düz bir çizgi değil sonuçta ve herkesin bir derdi var. En büyük dert sende sanma, asla başkalarının dertlerini küçümseme, senin küçük gördüğün bir dert bir arkadaşının bakış açısında onun için ölüm gibi gelebilir ve o derdini küçümsediğin arkadaşın senden adım adım uzaklaşır.

Dostluk her zaman birlikte olmak demek değildir; bir araya geldiğinde kaldığın yerden devam edebilmektir.

Yalnız kaldığın anların keyifli yanlarını keşfet ve unutma ki bir keşfin, bir icadın, bir üretimin, bir fikrin, bir hayal kurabilmenin ve o hayale kulak verebilmenin tek yolu yalnız kalabilmektir.

Kendinle baş başa kalamıyorsan, başına gelenlere dair görüşleri hep dışarıdan beklersin ve onlar bu beklentilerini karşılamadı diye onları ilgisiz olmakla suçlarsın.

Eşin dahi olsa bu kişi, senin yerine düşünemez ve en yardıma ihtiyacın olduğu anda bile bunu yapamaz; işte burada başlıyor iletişim.

Günün sonunda, ayrı vakit geçiren ve birbirlerine anlatacak şeyleri olan çiftlerin daha mutlu olduklarını biliyor muydun?

Güvenli bölgene ayırdığın çekirdek ailenden koparak, kendine ait hobiler edinerek, ayrı vakit geçirmeyi öğrenmelisin.

Merak duygun daha da artar bu sayede ve akşam olduğunda yanındaki insanların ne yaptığı ilgi çekici bir sohbet konusu olur.

Meraksız bir insan düşünsene; yanında nefes alıyor ama hiçbir şey düşünmüyor ve hiçbir şey ilgisini çekmiyor, onunla hiçbir şey konuşamıyorsun; yaşamak, nefes almak değildir.

Nasıl bir insanla dost olmak isterdin?

Eğlenceli, olumlu, iyi bir dinleyici, vefalı, mutluluğunu paylaşabildiğin...

Ne güzel tercihler ama sen nasıl bir dostsun?

Karşı taraftan beklentilerin çok güzel fakat sende mevcut mu bunlar?

Sende olmayan ne var ise sen onu arıyorsun dostum, sen sende olanları ara, ortak yönün ne kadar çok olursa o kadar çok ilerler dostluğun ve o kadar uzun sürer...

Zıt kutuplar birbirini daha çok çeker aslında, dediğini duyar gibiyim; evet, çeker haklısın ama bir süre sonra bu çekim gücü çekilmez bir hâle gelir ve şiddete iter ilişkileri...

Çok hassas olacak sana karşı dostun ama sen hassas mısın dostluğunda?

Hayır, değilsin.

Çünkü zamanında hassas olduğunda çok kırıldın, kırdılar... İnsanlar kırar zaten sağ olsunlar ve bu yüzden kırılmak istemediğin için daha da gaddar bir hâle bürünüp hassas olmamak için elinden geleni yapıyorsun.

Yapma, nasıl bir hâle büründüysen o hâldeki insanları çekeceksin kendine ve korkuların yaşadığın olumsuzluklara destek vererek onları aşılmaz bir duvar hâline getirecek.

İnsan çevresindekilere aynadır,
Ne gösterirse onu alır !
Ne verirse o hakkıdır!

Gerçek Mucize Kendine İnanmaktır

Kendini sevmeden birini sevemezsin,
Kendine saygı duymadan başkasına saygı duyamazsın,
Kendini bilmeden kimseyi de anlayamazsın!
Kendine yapılmasını istemediğin bir şeyi, karşındakine yapmak doğru mu sence?
Ya da şöyle diyelim;
Aldatılmak istiyorsan aldat,
Yalanlara boğulmak istiyorsan yalan söyle,
Kandırılmak istiyorsan kandır,
Dolandırılmak istiyorsan dolandır,
Mutsuz olmak istiyorsan mutsuz et,
Huzursuz yaşamak istiyorsan huzursuz et,
Kısaca başına ne gelmesini istiyorsan karşındakine onu yap!
Bu dünya ki fani,
Ve ilahi adalet var!
Ne yaparsan yap, ne yaşatırsan yaşat sana misliyle geri; dönecek bunu bilerek yap!

Hayalinde nasıl bir eş, nasıl bir dost, nasıl bir arkadaş isterdin sorularına cevap ver ve o cevabındaki insan olmaya başla; ancak bu sayede hayalindeki ilişkilere dostluklara ve arkadaşlıklara ulaşabilirsin.

Unutma ki;

"BANA ARKADAŞINI SÖYLE SANA KİM OLDUĞUNU SÖYLEYEYİM" atasözü boşa değil...

Onun için kendini değiştirmeye başla.

Ve eklemeliyim ki çevrendeki hayaline uymayan insanları da hayatından çıkararak yeni ve doğru kişilere yer açman gerekir.

Hayallerini küçümseyen, seni olumsuzluğa iten, başkalarının yanında senin eksikliklerini dile getiren, arkandan dedikodunu yaptığını bildiğin, kendinde yaptığın her değişikliği eleştiren, her başarının şans eseri olduğunu düşünen insanlarla arana bir duvar örmelisin.

Aslında özüne indiğinde özün bunları kendi kendine yapar ama yine de dile getirmek istedim.

Bu duyguları sana belli eden insanların yetersizlik ve aşağılanma korkusuna sahip insanlar olduklarını anlıyorsun ve bu tür insanlar senin sosyalleşme adına beraber olduğun insanlar ise her alanda olumsuz yorumlar yüzünden seni etkiler.

Sen ona oturur sevgilinle ya da eşinle olan mutluluğunu anlatırsın, o öyle bir yorum yapar ki seni şüpheye düşürür ve mutlu giden hayatında mutsuzluğa açılan bir kapı oluverir bir anda bu dostluk.

Unutma şüphe duyduğun an, bittiği andır!

Böyle insanlar nasıldır söyleyeyim mi? Güzelliğin içinde kusur ararlar; kusur arayan bulur dostum, kusur arandığı zaman ortaya çıkar ve bu tür insanlar sadece onunla iletişim kurmanı isterler. Kıskanıyormuş gibi yaparlar ama seni kaybetmemek için sana kocaman bir tel örüp kaçmaman için küçük tatlı kıskançlıklarla seni kendine bağlarlar. Fakat bir başkasının kendilerini böyle kabul etmeyeceğini bilirler, bu yüzden de aslında kaybetmek istemezler.

Sevdiğim bir şarkı sözü:
Bulursun, ararsan hata,
Hep ölçer biçersen cefa,
Unutulur gidersin,
Kaldırırlar rafa !

Gerçek Mucize Kendine İnanmaktır

Beş sene sonranın ortalama olarak şu anda zaman geçirdiğin beş insanın ortalaması olduğunu biliyor musun?

Ailelerde ya da iş yerlerinde ise bu olay benzer şekilde olmasa da yine de ortaya çıkar. "SEN YAPAMAZSIN" kelimeleriyle belirir ve onlara verilebilecek en güzel cevap, başarmaktır!

Yapamazsın sen!

Başaramazsın sen!

Bu yaşta mı?

Evlenme sakın, mutsuz olursun!

Aşk diye bir şey yok!

Kesin hasta olacaksın!

Kimseye güvenilmez!

İflas edersin, sakın!

Bunlar gibi yüzlerce olumsuz negatif cümle sayabilirim, hepsi umut kırıcı, hayal gücünü kısıtlayan ve dış seslerden gelen olumsuz telkinler.

Çocukluk zamanlarında insanlar bu yorumlara olumsuz olarak bakamaz, daha korumacı algılar çünkü çocuk yaşlarda çaresiz hissederiz kendimizi ve bu telkinleri benliğimize koyarız, biz büyürken onları da büyütürüz beynimizde bir çığ gibi.

Ama artık çocuk değilsin, zihninde buz tutmuş düşüncelere kibrit çakmasını bilmelisin.

Şu anda olduğun yaşa eğlenceli taklalar atarak gelmedin, düştün ama kalktın, bitti dediğin zaman Rabb'ine sığındın, umudunu yeniledin ve unutma ki kendi üzerinde tek hüküm sahibi sensin!

Aynaya bak,
Var mı senden başka?

Gerçek Mucize Kendine İnanmaktır

Zaman en değerli hazinen ise sana bahşedilmiş bu güzel hayatı kontrol etmek senin elinde. Ne diyor Rabb'im; **AKLINIZI KULLANINIZ!**

Bir test önereceğim; bir ortama girip ortamdan mutsuz ayrılıyorsan ve bu durum her seferinde tekrarlanıyorsa sana bu duyguları yaşatan her şeyi analiz etmekle başla, enerjini bir vakum gibi emen, seni negatife çeken bir ya da birden fazla kişinin olduğunu göreceksin...

Aslında amaç aynıdır; seni kontrol altına almak, annen sana iyi niyetle "Yapamazsın." der, bir başkası kötü niyetle "O iş sana göre değil." der.

Fark etmez; her iki cümle de aynı düşmanın askerleri.

Seni kısıtlayan, umudunu kıran ve denemekten korkmana sebep olan askerler.

Kim olursa olsun sana yönlendirilen negatif cümlelerden, olumsuz enerjilerden kendini korumalısın. İnsan milyarlarca hücreden oluşur, sen farkında olmasan da milyarlarca hücrenin her biri her gün milyarlarca olumsuz mikrobu bünyesine almayarak yaşam düzenini koruyor.

Hiçbir hücre, zarı olmadan hayatta kalamaz ve zar seçici yapıda olduğu sürece sağlığını korur ve hastalıklardan seni uzak tutar.

Bünyene umutsuzluk aşılayan bu cümlelere karşı bir zar oluşturmanı istiyorum senden; ilk olarak, bu olumsuz cümlelerin tam tersini söyleyerek başlıyorsun ve bu cümleleri kendini ikna edene kadar kendine söylüyorsun, bu, günlerce hatta aylarca sürse bile durmuyorsun.

Yapamazsın yok, yaparım var!

İkinci olarak ise başkasının sana verdiği enerjiyle senin geleceğin değişmez, bunu bir kabul et öncelikle. Yaşadığın her an, her dakika bir deneyim sunuyor sana ve bu deneyimlerin sonucu seninle ilgili, başkasıyla değil!

Sen onlara inanarak tercihlerini bu yönde kullanırsan onların istediği hayatı yaşamak zorunda kalırsın, kısacası her şey senin neye inandığınla ilgili.

Üçüncü olarak, seni negatife yönlendiren insanların cümleleriyle eğlenmeyi dene.

Bir şeyi dikkate almak istemiyorsan en kestirme yol eğlenmektir, komik bulduğun bir şey tehlike arz etmez ve korku yaratmaz.

Dördüncü adım olarak ise sana olumsuz yorum yapan bu arkadaşların hayatlarına bir göz gezdir bakalım, ne tür başarıları mevcut. Başarının seni değiştireceğini düşünen birinin başarısı yoktur; sana jest yapan eşinin, sevgilinin kesin bir açığını kapattığını söyleyen kişinin hiçbir zaman değer gördüğünü hissettiği bir ilişkisi olmamıştır aslında; kariyer yaptıkça çoğu şeyi kaçıracağını söyleyen kişi hiç çalışmamıştır bile.

Bir grup kurbağa,

Yüksek bir elektrik direğine tırmanma yarışı düzenlerler.

Seyircilerden bir başka kurbağa grubu ise start verir ve yarış başlar.

Yarışla birlikte seyircilerden yorumlar:

"Bugüne kadar bu direğe tırmanan olmadı ki!"

"Bunu başarmak çok zor!"

"Geçen sefer 5 kurbağa düşüp ölmüştü!"

"Yaa biri de tam kafasının üstüne düşmüştü hatırlıyorum!"

"Evet evet, dördü de elektriğe kapılmıştı zavallıların!"

"Bak bak, kayacak elleri bak!"

"Şu diğerine bak, takıldı bile!"

"Yok ya bu iş olmaz; ya bırakırlar ya ölürler!"

"Çok yüksek, düşseler pestil olacaklar!"

"Omurgalılardanız ama bir düşseler omurga falan kalmaz!"

Bir süre sonra yarışmacılar ya düşerek ya yaralanarak ya da korkarak birer birer bırakırlar yarışı fakat içlerinden bir tanesi en tepesine ulaşır elektrik direğinin ve sağ salim döner!

Şaşkınlık içerisinde kalan seyirci grubu kutlamak için kurbağanın yanına koşarlar ama o da ne? Şampiyonun sağır olduğunu fark ederler!

Yani dostum;

Olumsuzluktan beslenen ve niyetleri iyi ya da kötü ne olursa olsun seni aşağı çekmeye çalışan insanlardan kopamıyorsan eğer, onlara karşı algını kapatmalısın!

Ki zaten yapamazsın dediklerinde, sen yaparım deyip başarırsan onlar da sana karşı dilsiz olmayı er ya da geç öğrenmek zorunda kalacaklar!

Unutma, yaparsın demiyorum sana!
Ama sen "yaparım" de kendine...

"İNSANIN KANATLARI GAYRETİDİR!"

Mevlana

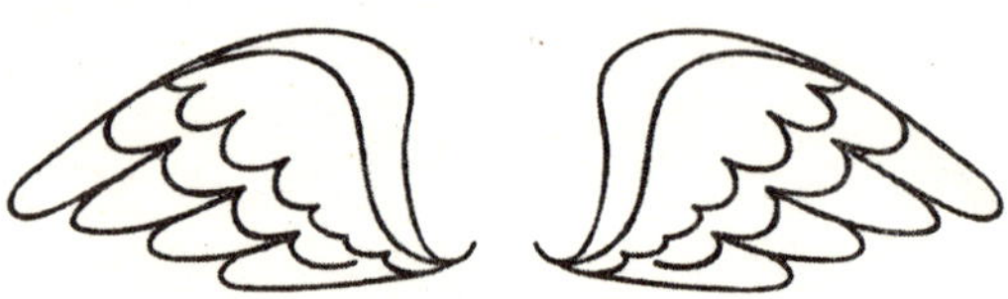

Ben de çaresiz kaldığım bir zaman fikirlerine güvendiğim bir abimden akıl almaya gitmiştim,

Kulağı çınlasın Sevgili Ekrem OKUMUŞ abim demişti ki:

"Sana, sen yaparsın diye gaz vermemi bekliyorsan kusura bakma veremem; kendi yapabileceğine kendin inan, benim lafımla yapacaksan hiç yapma daha iyi!"

Bu cümlesine çok kızmış olsam da içimdeki beni benim uyandırmama fırsat verdi ve ateşi fitilledi...

Sağ olsun!

Kim olursa olsun sana zarar vermeye başlayan herkesten kendini sakınacak kadar kendine saygı duyman gerekiyor!

Enerjini bir vampir gibi emen,

Mutluluğunu bir laf ile bozan,

Başarını beğenmeyen,

Her şeyini eleştiren,

Gülümsemeyi bile sana çok gören bu kişiler vadesi dolmuş,

Seninle olan dostluk, arkadaşlık bağları çoktan kopmuş kişilerdir.

Sen yolları çiçekle süslersin ama yol arkadaşın onları ezer geçer, yolun sonunu cehenneme çevirir!

Mutsuzluktan beslenir, sen acını anlatırsın, o senin acını dillere sakız eder o acıyı sahiplenmesi gerekirken!

İçinden sevinir düştüğün hâle...

Her başarında sadece şanslı olduğunu söyleyen, senin kazandıklarına kendi kazanmış gibi göz diken, atacağın adımı telkinleriyle tedirgin eden, her güzel bir iş yaptığında sanki onun hakkını çalmışsın gibi haset eden insanlara şans verdiğin kadar kendine şans versen!

Sana bu tür duyguları yaşatan insanlara duyduğun saygıyı kendine duysan!

Sesli sessiz fark etmez, yol ayrımı gelmiş çatmış; gör dostum gör!

Sen ileriye gitmek isterken seni geriye çeken insanları bir sal gitsin!

Başarısızlığa uğrayan kişilerin birçoğu çevresindeki insanların onu başaramayacağına inandırmasından dolayı olmuştur!

Yol arkadaşı şu anki yolun için ne kadar önemliyse, gelecekte gireceğin virajlı yollar için de bir yatırım!

Başkalarını koyun gibi takip edersen
Hiçbir zaman kim olduğunu öğrenemezsin!

Gerçek Mucize Kendine İnanmaktır

Biraz sohbet zamanı...

Emre: Çok yalnız hissediyorum. Ve yalnızlık insana acı veriyor.

Yıldırım: Yalnızlık kadar iyi bir öğretmen yoktur dostum. İnsan ancak yeteri kadar yalnız kaldığında istediklerini, hatta en çok da neleri istemediğini bulur.

Emre: Korkuyorum dostum.

Yıldırım: İnsan yalnız doğar, yalnız ölür ama bunu bir türlü kabullenemediği için hayat yolculuğu boyunca attığı her adım yalnız kalmamak içindir.

Emre: Nasıl yani? Ömür boyu yalnız mı kalalım?

Yıldırım: Tabii ki de bunu söylemiyorum. Yalnız kaldığında kendini vermen gereken bir işin varsa bu faydalıdır. Yalnız kaldığında ilim öğrenmek için vakit harcıyorsan ve zihnini çalıştırıyorsan bu güzeldir. Yalnız kaldığında Rabb'imle konuşuyorsan bu şifadır. İnsanın içine doğru yolculuk yapabilmesi için yalnız kalması gerekir. Kalabalıklar içinde susan iç sesin, yalnız kaldığında konuşmaya başlar.

Emre: Benimki hep kötü şeyler söylüyor.

Yıldırım: İç sesinin kötü konuşması yalnızlıktan değil, içinde yatan boşluktan. Sana şah damarından daha yakın duran Rabb'in varken zaten yalnız değilsin.

Emre: Kimse beni anlamıyor.

Yıldırım: Her insan ömründe bir kere bile olsa bu cümleyi kurmuştur. Bazen anlaşılmadığımızı düşündüğümüz için yalnız hissederiz. Aslında sevilmeyi istediğimiz için karşımızdakine öfkeli bakarız. Onaylanmak istediğimiz için fazla fedakârlık yaparız. Gülümsetmek için ağlarız. Anlatmak istediğimizin karşı tarafa direkt olarak geçmesini bekler ve iyi niyetimiz yüzünden sevilmek isteriz. Oysa seçtiğimiz yol ya da yoldaş olarak gördüğümüz insanlar belki de bizim için doğru değiller.

Emre: Yanlış insanları seçiyorum, evet.

Yıldırım: Sana anlaşılmadığını hissettiren insanlar sadece senin için doğru insanlar değildir ancak bu onların yanlış insan olduklarını göstermez. Burada bir değişime gitmen gerekir. Ya onlarla kurduğun iletişimin şeklini değiştireceksin ya da oradan gideceksin. Mesela; sadece yalnız kaldığında seni arayan bir arkadaş, senin ona ihtiyacın varken her seferinde bahaneler üreterek yanında olmuyorsa bu iki seçenekten birini yapacaksın. Önce olumlu ve güzel düşün. Sen değişebiliyorsan insanlar da değişir. Arkadaşınla konuşarak, onu suçlamadan sadece seni ne kadar üzdüğünü anlat. Değişmeyi seçiyorsa gerçekten seni sevdiği için yanında olmak isteyecektir. Ancak olumsuz cevaplar alıyorsan kimseyi kırmadan ama kırılmayı da hak etmediğini bilerek oradan uzaklaşmalısın. Aciz olmadığını bil. Yerini değiştiremeyen çiçekler bile her sabah yüzünü güneşe dönebiliyorsa, sen de bunu denemelisin. Sana iyi gelen şeylere yüzünü döneceksin.

Emre: İnsanlar duymak istedikleri kadarını duyuyor.

Yıldırım: Seni seven bir insan kalbiyle dinler. Kalbiyle dinleyen insan da konuşmadıklarını bile işitir. Umudunu kaybetme. Böyle insanlar olacak hayatında. Sayıları belki ikiyi üçü geçmeyecek ama olacaklar.

Emre: Sürekli aynı şeyleri yaşıyorum.

Yıldırım: Sürekli aynı şeyleri yaşayan insan değişime kendinden başlarsa yolun sonu güzele ulaşır. Kalpten sevdiğin, günü kurtarmak için boş sohbet etmediğin, yalnız kalma korkusuyla her şeyine evet demediğin insanları arayacaksın. Bir şeylerin yolunda gitmediğini bilsen de bazen yalnızca korkuların yüzünden yeni tanıştığın birine kolayca açılırsın. İlk günlerden gereksiz pek çok fedakârlık yaparsın. Onun bunu hak edip etmediğiyle değil, sadece o an yanında olup olmadığıyla ilgilenirsin. Oysa mevsim değişip hava kıyamete dönünce, yanında olmasını beklediğin insan senden uzaklaşıverir. Sevginin zamanla yığılarak büyüdüğünü unutma. Yeni tanıştığın birinden büyük fedakârlıklar bekleyemezsin ve sen de kendine yük edeceğin büyük iyiliklerin altında ezilmemelisin. Birini tanımanın en iyi yolu; hiçbir menfaatinin olmadığı insanlara davranış şekline bakmaktır. Bir garsona, bir belediye işçisine ya da bir daha görmeyeceğini düşündüğü birine nasıl davrandığı o kişinin gerçek karakterini gösterir.

Emre: Bunları hiç düşünmemiştim.

Yıldırım: En yakın arkadaşının sırrını sana anlatan biri,

seninkini de başkasına anlatacaktır. Arkasından konuştuğu biriyle ertesi gün samimi olan biri, senin de arkandan konuşacaktır. Sebepsiz yalanlar söyleyen ve bunu alışkanlık hâline getiren birinin pek çok yalanına sen de inanmışsındır. Durumları ve kişileri sadece sana olan davranış şekilleriyle değerlendirme.

Emre: Sanırım en çok bu yüzden yalnız kalıyorum.

Yıldırım: Sana değer veren kişilerle olmayı hak edecek kadar değerli olduğunu kendine sürekli olarak hatırlat. Rabb'im mutlaka karşına doğru kişileri denk getirecektir. Sadece fark et. Kendinle ilgili değiştirmen gereken şeyleri görmeye başladığında Rabb'im en büyük yardımcın olacak.

Emre: Nasıl değişeceğim peki?

Yıldırım: Karşına çıkacak insanlardan ne bekliyorsan öyle hareket edeceksin. Samimiyet bekliyorsan yapmacık olmayacaksın. Sevilmek istiyorsan seveceksin. Birlikte eğlenmek istiyorsan gülmeyi öğreneceksin. Ve insanları ilk hatalarında silerek kendini yalnızlığa hapsetmeyeceksin.

Emre: Oysa yalnız değilim.

Yıldırım: Nasıl hissedersen onu yaşarsın ve neyden en çok korkarsan onunla daha çok karşılaşırsın. Yalnız hissedip en çok da yalnızlıktan korkarsan bir şekilde yalnız kalırsın. Rabb'imin varlığını her daim hisset. Geçmiş tecrübelerin yüzünden bütün insanların aynı olduğunu ve kimsenin değişmeyeceğini düşünme. Sadece kendine şans ver.

Emre: Sanırım en çok buna ihtiyacım vardı.

Yıldırım: Niyetin güzel ve görüşün açık olduğu sürece ihtiyacın olan her şeyin bir gün karşına çıkacağını unutma. Şimdi yalnız hissediyorsun ama sonsuza kadar böyle kalmayacaksın. Umut ettiğin kadar varsın, varım, varız. Değiştirmek istediğin her şeyle ilgili sadece umut et.

Kendime Not:

....

....

....

....

....

Gerçek Mucize Kendine İnanmaktır

"Yalnızlık, yaşamda bir an,
Hep yeniden başlayan..
Dışından anlaşılmaz.

Ya da kocaman bir yalan,
Kovdukça kovalayan..
Paylaşılmaz.

Bir düşün'de beni sana ayıran
Yalnızlık paylaşılmaz
Paylaşılsa yalnızlık olmaz."

Özdemir Asaf

Kimsesiz kalabilirsin,
Yalın kalabilirsin,
Güçsüz ve çaresiz hissedebilirsin,
Ama asla yalnız değilsin!
Ne diyor Kâf Suresi
"Biz ona şah damarından daha yakınız."

"Dayan be gönlüm,
Biçare değilsin!
Yaradan sana yâr!
Kimsesiz değilsin!
Yanında kimsesizlerin kimsesi var!
Her gecenin mutlaka bir sabahı var!"

Mevlana

Biraz Tebessüm Zamanı...

Manidar bir nükte;

Kadın kocası Haluk'a sorar:

"Ölürsem ne zaman evlenirsin?"

Haluk cevaplar:

"Toprağın kuruduğu zaman!"

Ve kadın 4 sene sonra vefat eder.

Eşi kabri her ziyarete gelişinde toprağı yaş görerek üzülerek döner.

Aradan yıllar geçer ve bir gün mezarlığa giderken kayınbiraderiyle karşılaşır.

Ne yaptığını sorar:

"Ablamın toprağını suladım oradan geliyorum, kurumasın diye vasiyet etti!" der.

Haluk gülerek söylenir "AH KADINLAR, öteki dünyadan bile bu dünyaya etki ederler!"

Güzelliğin Sırrı

Çok güzel ama yaşı epey geçmiş dindar bir kadına,

Bu kadar genç gözükmek ve böyle bir cilde sahip olmak için hangi güzellik malzemelerini kullandığını sordular;

Kadın cevapladı!

"Dudaklarım için hakikat,

Sesimin güzelliği için dua,

Gözlerim için merhamet,

Ellerim için cömertlik,

Vücudum için dürüstlük,

Kalbim için sevgi ve şefkat kullanırım!"

Dedi ve ekledi;

Bu gibi malzemeleri almaya para ihtiyacı da yoktur ve biliyor musunuz her kullanışta daha da çoğalırlar...

**"Allah'ın sevdiği ve sevmediği kıskançlık vardır,
Allah'ın sevdiği kıskançlık
şüphe durumunda olandır.
Hoşlanmadığı ise şüpheye mahal bulunmayan yerde
gösterilen kıskançlıktır!"**

Kıskançlık biz erkeklerin bana göre en güzel özelliklerinden, erkeklere özel olmayan bir duygu olsa da erkeklere yakışan bir duygu ama bu duygu zarar vermeye başlıyorsa karşındaki insana o zaman korkman ve kaçınman gerek.

Çünkü doğru kullanılmadığında insanı yiyip bitiren, içten içe çürüten bir duyguya dönüşüyor; aslında duyguya değil de hastalığa dönüşüyor diyebilirim...

Bu öyle bir hastalık ki silahtan tehlikeli...

Çok insan tanıyorum, herkese karşı çok iyi ama partnerine karşı problemli, hatta partneri hariç herkesle arası çok iyi ama iş sevgilisine, sevdiğine ya da eşine gelince sanki o kişi, o kişi değil; anlamadığım ilişkisine bağlı olmak yerine sevdiğine, sevgilisine ya da eşine saplantılı ve takıntılı bir şekilde bağlanmaları ki bu durum sevgi ve hayatı yaşamak yerine dünyayı çekilmez bir hâle getiriyor.

Mantıklı mantıksız her şeye takılan, şüphesiz duramayan, karşındaki insanın, yani sevdiği insanın ağzından çıkanlara değil de sadece kendi düşüncesine inanan insanlar...

Şüphe öldürür dostum, öldürür!
Şüphe duymaya başlarsan o iş orada biter!
Ki şüpheye dair hiçbir sebep yokken!

Şüphe ile yaklaşıp partnerinin telefonunu karıştırmaya başlar, çantasını, hatta arabasını, ne kadar özel eşyası varsa hepsini karıştırmaya başlar bir şey bulmak için, bir şeyler bulabilmek için çünkü bir şey olduğuna kendini inandırır, öyle bir inanır ki inanamazsın!

Aslında bu hastalık derecesindeki kıskançlıkla bunları yaparken resmen haz alır çünkü artık bu onun hayatı olmuştur, düşünceleri beynini yer bitirir, bitirir de durmaz.

Ve şöyle bir inancı da vardır! İlişkide ya da evlilikte mahrem olmaz!

Kontrol etmeye çalışır hem de her şeyi, kısıtlamalara başlar, hatta cezalandırmak için tuzak kurmaya başlar! Günümüzde sosyal medya çok önemli bir yer kaplıyor, sahte hesaplar açar ve partnerine yazar cevap verecek mi diye. Ki düşüncesine göre emindir, cevap alamayınca bile kesin anladı diye düşünür. Oysaki eşi belki de bakmadan sildi attı mesajı, önemsemedi!

İlişkisi aklına dahi gelmez; düşüncesine göre suçlu olan eşini suçüstü yakalayarak bilinçaltında kurduğu o sahte dünyayı onaylamak istiyordur, yani kendini haklı çıkarmak için bin bir türlü oyun…

Kendi yarattığı dünyada öyle bir savaş başlatır ki kazanmak için tek bir cümle söylemesi gerekir:

Ben HAKLIYDIM!

Bu cümleyi söyleyebilmek için her şeyi dener!

En kötüsü de bu savaşta her şeyi mübah görür!

Hiç farkına varamaz, bu sürecin aslında kendini yıprattığını ve yıprandığı kadar karşısındakini yıprattığını, üzüldüğünü ve üzüldüğü kadar karşısındakini üzdüğünü...

Ya inandığın şey gerçek değilse?
Sordun mu hiç bu soruyu kendine?

Gerçek Mucize Kendine İnanmaktır

Sevdiğini ya da sevdiğimiz insanları kıskanmak, sahiplenme duygusu ve kaybetme korkusu her insanda mevcut. Bunlar güzel duygular fakat zarar veren duygular; öfke, nefret ve acı çekme de her insanda mevcut.

Bu duyguların tamamı yerinde ve dozunda olursa problem yok, hatta problem olmasını geçtim insanı insan yapan duygulardır ama tadında ve dozunda oldukça...

Mesela bir bebek katiline duyduğun nefret, adaletsizliğe duyduğun öfke, kayıplardan sonra acı çekmek normal...

Bu duyguları hastalıklı hâl kılan; bu duyguları kime ve neye karşı, neden, ne kadar beslediğinle alakalı!

Eşini ya da sevgilini başka bir hemcinsinle yakın gördüğünde onun sana ait olduğunu düşünerek kıskanabilirsin, bu gayet normal ama herhangi bir şeye şahit olmadan partnerinin hareketlerini yorumlayarak ya da geçmişinde yaşadığın kötü bir olayı tekrar hatırlayıp düşüncelerine sahip çıkamayıp onu suçlamak kıskançlık değil hastalıktır!

Denge kur demiyorum, bu dengesi olan bir duygu değil; sadece derecesini ayarlamak gerekiyor. Yemek yapıyor gibi düşün, piştiğinde altını kapatman gerek. Kapatmazsan yanar gider o yemek, yenmez hâle gelir ve tüm emeklerin boşa gider...

Dozunda ve tadında kıskançlık için yapman gereken, gizli bir nefret duygusu yerine sevgiyi başrole koymaktır. Öyle güzel bir duygu ki kıskanmak hem kıskanana sevgiyi, aşkı hatırlatır hem de kıskanılana aitlik duygusunu. Ne eşin, partnerin şikâyetçi olur ne de sen hayal dünyanda kefen giymek zorunda kalırsın!

Ki dostum, karşındaki insana saygı duymazsan saygı görmezsin!

Hastalıklı kıskançlık nedir?

Duygun ve aklın birbirine girer, denge diye hiçbir şey kalmaz, hırs ve egon öyle tavan yapar ki aklını ele geçirir, bilinçaltında sürekli terk edilme korkusu yaşatır, hatta terk edilmeye layık hissettirir sana!

Böyle bir durum olduğunda genellikle çocukluğuna iner terapistler ve sonuç olarak anne-baba ilişkisinde sarsılmalar, aile içi ihanet ya da anne baba ile arasında yetersiz sevgi bağı bulurlar. Kişi bu sorunlarla yüzleşmediği sürece partneri değişse kaç yazar, sonuç aynı olacaktır; ayrılık kapıyı er ya da geç çalacaktır!

Ki bu hastalıklı hâlde olursan, ilişkide ya da dostluklarda kesinlikle yanlış seçimler yaparsın çünkü hayatına yol arkadaşı aramak yerine düşman arıyor olursun, onun için güvensiz, çapkın, sorumsuz, gizemli erkek ya da kadınları tercih edersin!

Bu özelliklerde olan bir kişiyi dize getirirsen geçmişinde yaşadığı birçok sorunu yeneceğini ve galibiyet kazanacağını düşünürsün çünkü bilinçaltındaki düşmanın ya da aldatıldığın eski sevgilin ya da seni yarı yolda bırakan dostun da bu karaktere yakındır...

Hoşlandığın kişi sana uyumlu mu, yol arkadaşlığını yapacak kişi seni yarı yolda bırakır mı bırakmaz mı, sohbeti sana bir şeyler katıyor mu ya da hoşuna gidiyor mu bunları düşünmeden, nerede son derece uyumsuz ve seni mutsuz edecek bir insan varsa onu bulur onunla ilişki yaşamakta, dostluk yapmakta sakınca görmezsin!

Hatta başta öyle bir oynarsın ki karşındaki insana fedakârlık üstüne fedakârlık yapar, onu kendine bağlar, düşmanı kandırdığın an gerçek karakterini ortaya çıkarırsın!

İçindeki o bitmek bilmeyen sesi yenmez isen düşmana diz çöktürmek için her şeyi yaparsın!

Evet, sana katılıyorum; güven bir ilişkide ya da arkadaşlıkta en önemli husustur! Ve bu, herkes için geçerlidir! Sadece sana bana özel bir durum değil, insanlığa dair bir husus...

Ama BENİM ÖNCELİĞİM KARŞIMDAKİNE GÜVENMEK cümlesini sürekli tekrar ediyorsan, sen kendine güvenmiyorsun demektir.

"KISKANÇLIK HASTALIKLARIN EN KÖTÜSÜDÜR." (HZ. ALİ)

Çünkü herkes güven arar; yalnızca karşısındaki insanda değil, patronundan komşusuna alışveriş yaptığı şarküteriden binasındaki kapıcısına kadar herkese güven duymak ister...

Haksız mıyım?

Güvensiz bir hayat düşünülemez!

Normal insanlar güvenmek ister, evet ama komplo teorileri üretip ürettiği düşüncelere göre kendini inandırıp gününü zehir etmez!

Ne kendisinin ne de başkasının...

Kendine güvenmediğin için yeterince güzel ya da yakışıklı, başarılı ya da güçlü, güvenilir ya da sadık olmadığını düşünürsün.

Hatta dostum karşındaki insanın, yani eşinin ya da dostunun, bu düşüncelere sahip olduğunu, seni küçümsediklerini, seni önemsemediklerini düşünürsün! Düşünmekle kalmaz kendini buna inandırırsın!

Her şeyi kenara bırak, hiçbir şey için geç değil!

Yaşadığın problemler yerine problemlerin öncesine bakman gerek, bu tür bir kıskançlık duygusu besliyorsan eğer, kesinlikle sana normal gelen pek çok şey aslında normal değil!

Ve normal olmadığına inanmalısın!

Hata insanlar için var! Hatanı kabullenmek güzeldir!

Hem karşındaki insana işkence hem kendine ki bu sahte duyguya sahip çıkmaktan vazgeç, seninle elinde bir oyuncak gibi oynamasına izin verme! O duygu senin sahibin değil, sen onun sahibisin!

Seni bu duyguya iten çocukluğunda veya gençliğinde yaşadığın hangi olay varsa kopma noktası olan, o kopma noktasını bul ve yok et!

Sen yaparsın demeyeceğim; yapabilirim de ve yap!

Genç yaşta anne olmanın ve bu yüzden üniversite okuyamamanın acısını çocuğundan çıkarmış, hatta yakalayamadığı tüm fırsatlar için çocuğunu suçlamıştı.

Onu aldatan eşinin hikâyesini tüm çıplaklığıyla çocuklarına anlatıp babalarından nefret etsinler diye çocuklarının hayatını mahvetmişti.

Bir baba olarak, sırf genç sevgilisini bekletmemek için, çocuğuyla ilgilenmemiş hatta onun gözyaşlarını göre göre niye ağlıyorsun diye sormadan evden çıkıp gitmişti.

Tamamen bencil bir düşünceye maruz kalmış olabilirsin, iyi niyetle yaptılar belki ama öfkeyle yaptılar!

Bu tür psikolojik şiddet maruzu kalmış birçok insan var; senin veya benim çocukluğumda bunlara benzeyenler, maalesef ki var!

Ama şimdi affetme zamanı!

Yaraları iyileştirme zamanı!

Kendini önemseme zamanı!

Yoluna devam etme zamanı!

Taşıdığın o kötü seni sırtından atma zamanı!

Annen, baban ya da örnek olarak gördüğün bir insan seni bu tür bir şiddete maruz bıraktı; evet, kendince haklı sebepleri bile vardı ama bu sebeplerin hiçbir önemi yok, bunları sindirme zamanı geldi. Seni kötü yollara iten tek şey düşüncelerindir, ayakların değil. Sen asla yetersiz ve değersiz değilsin; o yaşadığın an, duyduğun cümle ya da hissettirdikleri duygu çoktan öldü gitti! Kendin için affet!

Affet ve rahatla;

ABD'li bilim adamlarının araştırması affetmenin ne kadar faydalı olduğunu gösterdi!

260 insan üzerinde affetmenin sağlığa etkilerini ölçtüler, hepsi de birine kırgın olan insanlar.

Öncelikle hepsi tek tek sağlık muayenesinden geçtikten sonra, 45 gün boyunca haftada 90 dakika kırgın oldukları insanları nasıl affedecekleri üzerine ders gördüler. Ardından her alanın özel uzmanıyla birlikte, her biri tek tek tekrar muayene edildi.

Muayene sonrası bilim insanlarının açıklamaları şöyleydi:

Affetmeyi öğrenen ve kızgın oldukları kişileri affetmeyi başaran insanların genel sağlık durumlarında belirgin seviyede iyileşme oldu.

Bu insanların nabız atışları yavaşladı,

Tansiyonları normale indi,

Boyun ve sırt kısmındaki kasılmalar azaldı,

Ayrıca bütün stres semptomları da kayboldu!

Yorgunluk, baş ağrısı, baş dönmesi gibi şikâyetleri azaldı.

Affetmenin ruh sağlığı üzerinde de pozitif etkileri oldu, affedenler kendilerini daha mutlu, huzurlu, enerjik hissettiklerini dile getirdiler.

Kendinde kusur aramaktan da vazgeç hemen. Rabb'im bu dünyada sadece yakışıklı ya da güzeller mutlu olacak diye bir ayet indirmedi!

Diyelim ki;

Bu kadar kıskanç olmana rağmen devam eden bir ilişkin var ve sen memnunsun!

Sabah kalktığında böbreklerim çok iyi işliyor, gözlerim net görüyor, kalbim tıkır tıkır demiyorsun ama bir yerinin ağrıdığını hissettiğin an doktora gitmek istiyorsun!

Aynen öyle işte, sorun var dostum sorun!

İlişkin devam etse de kalbin ağrıyor, dostluğun devam etse de beynin yanıyor...

Dışarıda öyle güzel bir hayat var ki akıp giden ve bir daha geri gelmeyecek; haberin var mı acaba?

Sadece tek bir dost ya da ilişkiye saplanmaktan bambaşka bir hayat...

Ailenden görmen gereken ilgiyi ve sevgiyi ya da diğer arkadaşlarından görmen gereken arkadaşlık ve dostluk sevgisini tek bir kişiden beklemek ne kadar doğru, sordun mu hiç kendine?

Kendine dair bir planın ya da bir hayalin var mı?

Yoksa eğer, hemen bir plan yap ya da hayal kurmaya başla!

Kendine zaman ayırmaya başla!

Bir parkta otur, kitap oku 50 sayfa!

Bir kedi sahiplenmeye ne dersin?

Evsiz insanlara çorba dağıtmak da güzel fikir.

Ya da bir hastanenin acil servisinin önüne bir git de gör bakalım oraya gelen insanların ne hâlde olduğunu!

Başka hayatlar var!

Başka acılar!

Hatta gerçek acılar var!

Bunları görmen gerek, göz ardı ettiğin zaman bu hayatlar yok olmuyor!

Anneni kahvaltıya en son ne zaman götürdün?

Kardeşinle sinemaya en son ne zaman gittin?

Babanla tavla oynadın mı hiç?

Ablana ya da abine arkadaşına teklif ettiğin gibi bir konser teklifi yaptın mı?

Arkadaşlarınla ya da partnerinle yaptığın tatil planların gibi kuzenlerinle plan yaptın mı hiç?

Sevgi tek bir kişiden beklenecek kadar küçük bir şey değil!

İçinde öyle güzel bir sevgi var ki tüm dünyaya yeter, bunu görmen gerek!

Denemekten korkma!

Korkun aldatılmak olabilir, terk edilmek olabilir, insanlara rezil olmak ya da yalnız kalmak olabilir!

Belki de acınacak hâlde olduğunu bile düşünüyor olabilirsin ama şunu söyleyeyim; bunların hiçbiri gerçek değil ve de hiçbiri bir gün öleceğin gerçeğinden acı değil!

Hiçbir acı her gün aynı şiddetle acı veremez!

Silkelen ve kendine gel!

Hiçbir şey için geç değil!

Sen düşüncenden büyüksün!

Baş belası olmuş bir duyguyu sök at!

Bu kıskançlığa haddini bildirecek tek kişi sensin. Ki sana bir şey hatırlatmak isterim; dünyadaki ilk cinayetin sebebi kıskançlıktır...

Habil ve Kabil! Nefis ki bu kıskançlık yüzünden kardeşini öldürmeye kadar itmişti...

Sen değişirsen hayat değişir, dünya değişir ve güzelleşir.

Kıskançlık hakkında;

"Kıskançlık bir güvenin kumaşı yemesi gibidir, insanı yer bitirir!"

Chrysostom

"Kıskançlık insanı alçaltan ve küçülten bir duygudur."

Lev Tolstoy

"Kıskançlık acizliğin isyanıdır."

Hz. Ali

Sevdiğin insanı sahiplenme duygusuyla kıskanmak başka, onu bir birey olarak görmeyip her şeyini kısıtlamaya çalışarak kıskanmak başkadır.

Her ikisi de aynı çatı altında toplansa da aralarında dağlar kadar fark vardır!

Ayırt edip ona göre davranmak gerek...

Fesat ve kıskanç insanın kalbinde cehennem vardır, ateşten uzak durmakta fayda vardır!

Biraz sohbet zamanı...

Derya: Bana bu işkenceyi neden yaşattığını anlayamıyorum.

Meriç: Bence onu hastalıklı şekilde düşünerek kendine bu işkenceyi yaşatan sensin.

Derya: Çünkü onu çok seviyorum ve ona bağlıyım.

Meriç: Bağlılık ve bağımlılık arasındaki net farkı anlayamıyorsun. İnsanlar birbirine bağlı olduklarında sağlıklı ilişkiler geliştirirler ama bağımlılık ilişkileri de insanı da çürütür.

Derya: Nasıl yani?

Meriç: Yani bir şeye bağımlı olduğunda, seni hasta ettiğini bilsen de ondan kopamazsın. Sonunun iyi ya da kötü olacağını düşünmezsin. Canın onu istiyordur ve ne pahasına olursa olsun o seninle olmalıdır. Oysa bağlılık gönülden gelir. Bağlı olduğun insanın da bir hayatı olduğunu bilirsin ve ona saygı duyarak onunla birlikte olmaya çalışırsın. Bağlılık sevgiden gelir. Özünde zarar vermemek ve zarar görmemek vardır. Beğeni duymaktan çok daha üstündür. Bir çiçeği beğenirsen onu koparırsın ama seversen o çiçeği koparmaz, sulamayı tercih edersin.

Derya: Ama beni aldatma ihtimalini yok sayamıyorum.

Meriç: Her an ölebilme ihtimalin de var ama sürekli olarak bunu düşünerek yaşamıyorsun, değil mi? Kendini neye şartlandırırsan onu yaşama ihtimalini artırırsın. Kötü düşünceler kötü inançlara dönüşür ve kararmış bir kalp her gördüğünü olumsuza yorar. Kötü gören kötüyü kendine çeker. Oysa hayat mükemmel bir nizamla kurulmuştur. Kişinin aklındakini diline düşürür, dilindekini de önüne çıkarır. Nasıl ki iyilik yapan iyiliği, kötülük yapan da kötülüğü buluyorsa düşünceler için de aynısı geçerlidir.

Derya: Elimde değil ki. Beni birkaç saat aramadığında ya da gönderdiğim mesaja uzun süre cevap vermediğinde bütün hayatım allak bullak oluyor. Ne işime ne de onun dışında var olan hayatıma adapte olamıyorum.

Meriç: Onun dışında bir hayatın olmadığı gibi onunla da bir hayatın yok dostum. Sadece nefes almak yaşamakla bağdaşmaz. Küçük bir pencereden hayatının tam merkezine bir kişiyi oturttuğunda hayatını artık yaşamıyorsun demektir. Başka bir ölümlünün aldığı her nefesten mutlu olmak güzeldir, kutsaldır. Gerçek sevgi zaten budur ama kafanda onun yaşantısına dair senaryolar çizerek onu seni her an aldatacak bir düşmana dönüştürürsen, işte bu, sevgi değildir. Öncelikle bunun bir sorun olduğunu anlamalısın.

Derya: Sence başka bir kadın mı var?

Meriç: Sorun başka bir kadından daha büyük bence. Sorun, senin bağımlılıklar geliştirecek kadar kendini önemsememen.

Derya: Ondan ayrılmamı mı öneriyorsun?

Meriç: Sorun o değil ki. Sorun ilişkin de değil. Sorun daha derinde ve tamamen senin kendinle ilgili.

Derya: Ne yapacağım peki? O olmadan nefes bile alamıyorum. Çok mutsuzum çünkü son zamanlarda bana olan ilgisi neredeyse yok denecek kadar azaldı.

Meriç: Mevlana'nın sözünü hatırla: "Allah der ki; kimi benden çok seversen onu senden alırım. Ve ekler; onsuz yaşayamam deme, seni onsuz da yaşatırım."

Derya: Onsuz yaşayamam ben.

Meriç: Dünya bir sınav yeri ve her insan en önemsediği şeyle imtihana tabi tutulur. Sevgilerin en yücesinin Rabb'ine duyulan olduğunu bilmelisin. Her ölümlüden, her dünyevi şeyden daha fazla Allah'ı sevdiğinde imtihan kolaylaşır. Yerlerin, göklerin ve gözünün görebildiği her şeyin sahibi odur. Saplantılı bir şekilde başka bir ölümlünün hayatını mahvettiğinde, sadece kafanda yazdıklarınla onu üzdüğünde, Allah sevgisinin önüne başka bir sevgi biçimini koyduğunda seni cezalandırır. Kaybetmemek için kendini paraladığın o insanı senden uzaklaştırır.

Derya: Ama o benim kaderimde varsa benimle olur.

Meriç: Kaderimizin önceden çizildiği dışında başka bir bilgimiz maalesef yok. Geleceği ve bilinmezi Allah'tan başka kimse bilemez. Kaderimde biri varsa o benim yanımda kalır cümlesi, inanarak söylenirse aslında tam bir teslimiyet hâlidir. Hastalıklı kıskançlığını bitirir.

Derya: Fazla mı kıskanıyorum sence?

Meriç: Beynini fazlaca meşgul eden her düşünce bir süre hastalıklı bir hâl alır. Kendi hayatına devam edemez ve karşındakinin de devam etmesine müsaade etmemeye başlarsın. O, bu durumdan şikâyet ediyor mu?

Derya: Ediyor ve bana ilgisi giderek azaldı.

Meriç: Kendini üzerken ilişkini yıpratıyor ve karşındaki insanın içine korku düşürüyorsun. Kimse korktuğu bir insanı aynı şekilde sevmeye devam etmez ve ilk fırsatta, ilk kendine güvendiği anda o insandan uzaklaşmaya çalışır. Özgürlük alanları önemlidir.

Derya: Ama özgür bırakırsam beni aldatır.

Meriç: Aldatma potansiyeli olan biri özgür bırakmadığında da aldatır ve hatta senin zekânı yendiğini düşünerek bundan gizli bir haz ve yüksek bir heyecan duyar. Ayrıca ilişkilerde karşındakine özgürlük alanı bırakma gibi durum yoktur. Karşındakinin kendi belirlediği özgürlük alanlarına saygı duymak vardır. Bu onun kitap okumak, ibadet etmek, dinlenmek, bir şeyler izlemek ya da ailesi ve arkadaşlarıyla senden ayrı buluşabilmesi için kendine ayırdığı zaman dilimleridir. Yani, özgürlük alanlarında başka kadınları hayal etmekten vazgeçmelisin.

Derya: Nasıl yapacağım bunu?

Meriç: Boş düşünceler, boş kalan insanda ürerler. Nasıl ki bakteriler müsait ortam bulduklarında çoğalırsa, boş kalan insanın beyni de boş düşünceler üretir. Yani gerçek olmayan, insanın hem kendisini hem de karşısındakini üzen düşünceler. Öncelikle içindeki boşluğu dolduracaksın. Kur'an-ı Kerim'i açarak içini ısıtacak bir ayeti okumak, ibadet etmenin huzuruna varmak, Rabb'imle konuşmak ilk adımın olabilir. Onun seni her durum ve zamanda duyduğunu unutma. Sonra dünyaya faydalı meşguliyetler edinmelisin. İlim öğrenmek, yeni bir lisan yeni bir konuya ilgi göstermek, bedenine iyi bakmak için spor yapmak, işine kendini daha fazla vermek gibi... İnsana en büyük hataları sevgisizlik yaptırır. Sevilmek ve onaylanmak için hastalıklı ruh hâllerine gireriz. Oysa Rabb'imin seni sevdiğini ve onayladığını bil. Hiçbir canlı öylece yaratılıp dünyaya bırakılmadı. Her daim kudret sahibinin gözetimi altındayız.

Derya: Ama ben gerçekten üzülüyorum.

Meriç: Gerçekten üzüldüğünün farkındayım ama sen de kendine zarar verdiğinin farkına varmalısın. Sahip olduğun her şeyin Rabb'imden ödünç olduğunu unutma. Sen bedenine, ruhuna, çevrene ve senin sorumluluğunda olan dünyana iyi bakmakla yükümlüsün. Yaşayacağın bütün sonuçların çok önceden yazıldığını ve olumsuz gibi görünen her şeyin aslında senin hayrına olduğunu bil. Bugün ağladığın bir olay için yıllar sonra olmadı diye şükredersin. Zaman doğruyu gösterir ama insan sabretmekten acizdir. Teslimiyet geliştirmediğin her durumun da bir süre sonra imtihanın olacağını bil. Sevdiklerini, kendini, seçimlerini ve yolunu Rabb'ime emanet etmelisin. Aciz beynimizle bizler ancak bir yere kadar görebiliriz ve gerçekler sürekli olarak değişir durur. Üstün bir kudret ve zekâ sahibine teslim olmak, ona güvenmek, onun sevgisinden emin olmak kadar güzeli yoktur. İnsanı yıpratan kötü hırsı ve kalbini karartan nefreti söker alır. Aciz olduğumuzu kabullenmek ve sevmeyi öğrenmek zorundayız.

Derya: Çok doğru söylüyorsun. İnşallah bunu başarabilirim.

Meriç: İnşallah ne güzel bir kelimedir. "Allah'ın dilemesine bağlamadıkça (inşâallah demedikçe) hiçbir şey için 'Bunu yarın yapacağım' deme. Bunu unuttuğun takdirde Allah'ı an ve: 'Umarım Rabbim beni, doğruya bundan daha yakın olan bir yola iletir' de." (Kehf: 23-24) O, adıyla başlayan her yolu aydınlatandır. Yol gösterenlerin en kutsalıdır. Konuş onunla. İçine düşen kıskançlığın nasıl canını yaktığını anlat ama kendine acımaktan vazgeç. O kuluna kaldıramayacağı yükü yüklemez. Şikâyet etme, isyana yeltenme ama sadece anlat. Cevabı en güzel şekilde sana ulaşacaktır. Açılmaz dediğin o kapıyı açar, olmaz dediğini oldurur, gelmez dediğin bahar geliverir önüne.

Derya: İçim huzurla doldu.

Meriç: Çünkü sadece onun seni ne kadar sevdiğini bilmek bile yetti huzur bulmana. Hastalıklı olan kıskançlığın her türlüsü kötüdür. Sevgiline, eşine, çocuğuna, malına mülküne duyduğun kıskançlık iç huzurunu yok eder insanın. Gerçek sevgiyle bağdaşmaz. Başına gelen ve gelecek olan her şeyin Rabb'inden geldiğini bilirsen ve kısa vadede kötü olan her şeyin hayrına döneceğine inanırsan korkuların da eriyip gider. Aldatılma korkun da buna dâhildir. Hayatındaki kişiyi bunaltmadan ona saygı duyarak, Rabb'inin içine verdiği aşkı güzelce yaşa. Eğer aldatılırsan bu seni hak etmeyen bir insanın hayatından çıkması için Rabb'imden gelen bir işarettir. Eğer mutlu bir ilişkin olursa bu sana verilmiş bir ödüldür. Her insan mutlaka ödüllendirilir. Kişiyi ferah tutan, iyiliğe şartlanan, güzel gören, güzel düşünen bir kalp en güzel ödüldür.

Kendime Not:

....

....

....

....

....

Gerçek Mucize Kendine İnanmaktır

Acı çekmek diyorsun,
Gerçek acılardan bahsedemiyorsun,
Acı çekmek nedir dediğimde,
İnsancıl duygulardan bahsediyorsun,
Aşk diyorsun,
Meşk diyorsun,
Ölümcül bir hastalığa mı yakalandın?
En sevdiğin insan gözünün önünde açlıktan mı öldü?
En güzel acıdan dert yakınıyorsun,
Güzel acılara çare yok!
Bak sağlığı ile sınananlar hiçbir ilaçta derman bulamıyorlar!
Bak Afrika'da insanlar açlıktan ölüyorlar!
ALLAH dermansız dert vermesin,
Aşk acısı çekmek diğer acılara göre çok daha güzeldir!
Böyle bir derdin kıymetini bilmek söylenmekten daha iyidir!

Hâlin keyfin iyiyken, günlük hayatın güzel giderken, her şey yolundayken dua ediyor musun ya da bir mucize bekliyor musun?

Sıkıntıya düşmeden, karşına çıkan sorun çözümsüz gözükmeden, acı dayanılmaz bir hâle gelmeden dua etmek ya da mucize beklemek aklımıza gelmez.

Güzel günde mucize beklemek olmaz tabii diyor gibisin; olur dostum olur.

Sen güzel gününde duaya dua ekle, daha güzel gün dile, şükret, hamt et, elindeki için hep kıymet bil, eğer sen bilmezsen, değersiz kıymetsiz hissettirirsen mutluluğa, mutluluk bir kuş olup uçar gider, uçuşu hatırlayarak kalırsın.

Kötü gün kapını çaldığında güzel günler için kapısını çalmadığın Rabb'inin kapısı çalarsın, Allah affeden bağışlayan, her zaman kabul eder seni, beni, herkesi; O'nun merhametinden sorgu sual olmaz fakat senin yüzün olur mu?

Sana bir güzellik bahşettiği zaman niye ben diye sorguladın mı ki başına kötü bir şey geldiği zaman niye ben diyorsun?

Sen güzel günde de duayı asla eksik etme, Allah'ın hazinesi boldur.

Daha güzel günler iste, iste ki versin. Rabb'im kalbindeki, zihnindeki her şeyi bilir fakat duymak da ister.

Nasıl ki bir sevgili karşısındakinin onu sevdiğinden emin olsa da bunu duymak istiyorsa işte tam da öyle...

Sevgini ve isteğini her zaman paylaş duanda...

Duam olmuyor asla diye de yakınabilirsin, yakınma dostum bilemezsin.

Senin için istediğin o şey, sana güzel gözükebilir ama sonucu güzel olmayacaktır belki de.

Senin gözün istek ve arzudan kör olmuş olabilir fakat istediğin şey gerçekleşirse gerçekten kör olacaksın belki de.

Allah'ın seni neyden sakındığını asla bilemezsin.

Mâide:67 "ALLAH SENİ İNSANLARDAN KORUYACAKTIR."

Seni neyden kurtardığını hiç bilemezsin, senin yapman gereken kalpten güvenmek...

Hiçbir şey söylendiği kadar kötü,
göründüğü kadar iyi değildir!
Gerçek, her zaman
her şeyin iç yüzünde gizlidir!

Gerçek Mucize Kendine İnanmaktır

Bu tuzaklara dikkat!

Dürüstlükten taviz vererek kazanmaya çalışırsan eline geçen kazanç ateşe benzer ve kendini ömür boyu yanmaya mahkûm edebilirsin!

Kazandığından daha fazlasını isteyerek hırs yaparsan elindekini de kaybedebilirsin!

İş iş deyip işkolik bir insan olursan hayatı kaçırırsın!

Senden akıllı sandığın uyanık bir arkadaşına uyup elindeki tüm birikimini hiç anlamadığın bir işe yatırıp tüm birikimini kaptırabilirsin!

Yaşayarak öğrenmek yerine eğitim alarak öğrenmeyi seçmez isen her 1 yıllık eğitimin 20 sene yaşamaya bedel olduğunu unutup 19 sene geride kalabilirsin!

Şikâyetçi olmak yerine tamir eden olmayı tercih etmezsen, eleştirmek yerine çözüm üretmezsen, karanlıkta ışık yakmayı asla beceremezsin!

Yaşadığın olaylardan tecrübeler çıkarmazsan aynı hataları tekrarlayıp kendini tüketebilirsin!

Anne ve babanın rızası olmadan pis işlere girersen Allah'ın da rızasını kaybedebilirsin!

İnsan bir araç olsaydı, yakıtı motivasyon olurdu!

Her insanın zorlandığı iki şey vardır;
Kendi değerini kendine hatırlatmak!

Kendi kendine motive edebilmek!

Yapması çok kolay aslında ama bu iki cümleyi günlük karmaşada ve duygularda hatırlamak çok da zor geliyor insana.

Bu dünyaya ALLAH seni de beni de boşa getirmedi ve dünya bizler için var.

Bu fâni dünyada fâni şeylere üzülerek ve onları kafaya takarak o kadar olumsuz şeyler yaşıyoruz ki...

Yalnız kalma korkusuyla hiç istemediğin bir ilişki yaşayabilirsin,

Herkes beni onaylasın diyerek kendini yıpratacak adımlar atabilirsin,

Acaba değer verirler mi diyerek, her şeye onay verip her istenileni yapabilirsin,

Yeterli görünmek için hiç olmadığı bir karaktere bürünüp onu rol gibi oynayan o kadar çok insan var ki... Bunu etrafında görebilirsin, hatta bu ben olabilirim, hatta sen de olabilirsin.

Aslında iyi niyetle yapılan bu seçimlerin sonucu iyi olmalı diye düşünürken sonuç kötüye vardığında ben onun için ya da onlar için yapmıştım der ve onu yahut onları suçlarsın!

Fedakârlık ve özveri iki farklı kavramdır. Birbirlerine yakın gibi gözükseler de aynı sonuca hizmet etmezler.

Fedakârlık kendinden ödün verdiklerin ve kendin için yapmadıklarındır.

Özveride ise gönülden yapıldığı için kime yaptığın, niye yaptığın önemsizdir, güzeldir!

Fedakârlık tek taraflıdır, yıpratıcıdır!

Karşındaki kâr ederken sen zarar edersin, yok olanı bile vermeye çalıştıran, yok dinlemeyen bir duygu...

Özveri ise tek taraflı olsa bile zararsız ve gurur vericidir.

Özveri gösterdiğin her işte alışveriş olur, ne kadar verirsen onun karşılığını er ya da geç alır insan, hiç yoktan tatmin edici bir mutluluğa erer.

Zaten özverili yaptığın hiçbir şeyden bir beklentin de olmaz ki ne kadar versen de o kadar tatmin olacağını bilirsin.

Şimdi şöyle ki dostum;

Başkaları tarafından takdir edilme ve onaylanma isteği insana yersiz fedakârlıklar yaptırır.

Seni yıpratacağını, üzeceğini bildiğin hâlde bu isteklerinle davranırsan insan ilişkilerinde sonuç kötüye vardığında yaptığın fedakârlıkları sevgiye bağlayıp kendini kullanılmış hisseder ve öz güvenini yerle bir edersin!

Ki bu fedakârlıklarla davrandığın sürece o kaçınılmaz son er ya da geç bulur seni. O sonda bekleyen bir cümle vardır sürekli kulaklarında çınlayacak, beyninden asla çıkmayacak:

"Yapmasaydın!" ya da "Ben mi yap dedim?"

Biz insanlar doğamız gereği hep bir şeylere geç kalmışlık hissi,

Hep bir acele karar verme duygusu,

Geç kaldığımız ne var ise hep bir öteleme, erteleme duygusu yaşarız. Bunların hepsi bir pişmanlık sebebidir ayrı ayrı.

Sen, ben, o, şu, herkes meyilli bu duygulara, bu hislere...

Oysaki ACELE İŞE ŞEYTAN KARIŞIR!

Evlenmek istiyorum ve yaşım geçti diye düşünürsün, geç kalmışlık hissi ile tanıdığını sandığın biriyle yanlış bir evlilik yapabilirsin!

Bu yıl girdiğin sınavdan istemediğin bir sonuç çıktı diyelim ama arkadaşlarına asla yetişemeyeceğini düşünerek acele bir karar verir ve istemediğin bir bölüm seçip pişmanlık duyarak o bölümü okuyabilirsin, hâlbuki o bölüm sana ömrünce istemediğin bir iş yaptıracak.

2 sene bir iş yerinde çalıştın diyelim; bir meslek edindin ve bu mesleği bir türlü içine sindiremedin fakat 2 sene emeğine nasıl kıyarım diyerek ömür boyu sevmediğin bir iş yapabilirsin.

Dil öğrenmek istedin ya da bir hobi edinmek ama yaşının geçtiğini düşünerek vazgeçtin ve ömrünce seni mutlu edecek şeylerden vazgeçmiş oldun…

Hiçbir şey için geç değildir!

Hayallerinin peşinden gitmek için asla geç değil, kalbinle konuş, bak seni ayağındaki terliklerinle bile nasıl kaldırıyor, koşturuyor…

Hem Allah kuluna vermeyeceği şeyin hayalini kurdurmazmış be dostum, bu cümleyi hiç duymamış olamazsın!

Yaşlı bir adam hayatı boyunca doktor olmak istemiştir ancak erken yaşta evlendiği ve aldığı sorumluklar fazla olduğu için bir türlü hayalini gerçekleştirememiştir.

64 yaşına geldiğinde 5 yıl üst üste hazırlandığı sınavdan nihayet iyi bir puan alarak istediği tıp fakültesini kazanır ve kayıt yaptırmaya gider.

Ancak sırada bekleyen gençlerin hepsi kendisine yol verir ve hocam diye hitap ederler.

O yaşta biri tıp fakültesinde kayıt binasındaysa mutlaka hocadır diye düşünürler doğal olarak.

Sırada beklerken kendisine çok garip bakışlarla süzen bir öğrenci yanına gelir.

"Hocam başkası adına kayıt yaptırıyorsunuz biliyorum."

"Başkası için değil, kendim için buradayım," diye cevaplar 64 yaşındaki yaşlı adam.

Genç şaşırır; "İyi ama en az 60 yaşında olmasınız."

"64" diye cevap alır.

Ve genç, ses tonunu biraz kısarak;

"Yani beni asla yanlış anlamınızı istemem ama tıp fakültesinden mezun olduğunuzda en iyi ihtimal ile söylüyorum 70 yaşında olacaksınız."

Yaşlı adamın verdiği cevap ise ders niteliğinde:

"Hayallerimin peşinde koşmasam da 70 yaşında olacağım!"

Dostum, hayat bir şekilde ilerleyecek, öyle ya da böyle! Sen mutsuz, isteksiz, üzgün olduğunda hızlanan, mutlu hissettiğinde yavaşlayan bir zaman akışı yok maalesef.

Bir amacın olmalı bu hayatta.

Amaç ile araç aynı şeyler değildir sakın karıştırma!

Para kazanmak bir amaç değildir mesela; para kazanmak hayallerine ulaşmak için bir araç olabilir sadece ve iyi hissetmen için bir araca ihtiyacın var ise hemen pes edersin hemen!

Başarı insanların şansı senden daha yüksek değil inan bana, sadece amaçlarını iyi seçiyorlar, gayret ediyor, sabrediyor ve başarmak için asla vazgeçmiyorlar, asla!

"KADER GAYRETE ÂŞIKTIR!" unutulmaması gereken harika bir cümle...

Gayret et, sabret... Sonu selamet dostum, selamet...

Dümeni olmayan bir gemiye rüzgâr nasıl yardım eder?

Amacın olacak ve kararların net olacak; vazgeçilemez kararlar.

Ama verdiğin kararların sonucu ne olursa olsun kararlarına sahip çıkmasını bilmelisin; yani şöyle ki başarına nasıl sahip çıkıyorsan ben yaptım ben diye haykırıyorsan başarısız olduğunda da aynısını yapabilmelisin.

Bunu yaparsan eğer sonuç ne kadar yıkıcı olursa olsun bunun bir tecrübe olduğuna kendini ikna edebilirsin.

Kötü bir ilişki seni güzel bir ilişki seçmene daha iyi hazırlar.

Kötü bir dost iyi bir dostu görebilmeni sağlar.

Her olumsuzluk senin olumluyu anlaman için yol açar.

Değişeceksin, zaman zaman yıkılacak, düşecek kalkacak ama krizleri yönetmeyi öğreneceksin.

Amacının ve olduğun yerin değerini bileceksin.

Unutma ki ne kadar sıkıntı, dert yaşarsan yaşa insan acı çekmeden insan olamaz.

İyi günler,
gelmeden önce kötüyü gösterir ki
değeri bilinsin!

Gerçek Mucize Kendine İnanmaktır

"Elmas nasıl ki yontulmadan elmas olamazsa insan da acı çekmeden olgunlaşamaz."

Konfüçyüs

Doğru yolu bulabilmek için yanlış yollardan geçmek zorundasın -ki dert insana yol gösterir!

Yeniliklere açık olmayı bilmek gerek dostum, yeniliklere kapalı olursan o yanlış yolda kalırsın!

Zaman hepimizden bir şeyler çalar ve götürür; bunları asla geri getiremeyiz ama her yeni an yeni duygular ve yeni bir hayat sunar bunu görebilmek lazım.

Yaşım geçti dersen vazgeçersin.

Her yaşta senden daha iyi işler başaran insanlar olacak ve o insanlar zamanında doğru işler yaptıkları için takdir gören kişiler olacak, bu herkesin başına gelen bir olaydır, bunu takmamak gerek. Buna her zaman olan ve her zaman olacak olan bir dünya kanunu diyebiliriz.

Unutma ki daha önce de dediğim gibi biz insanlar her zaman bir geç kalmışlık hissi yaşarız.

Bunların hiçbiri vazgeçmen için bir sebep değil.

Zaman, ah zaman...

Rabb'imin bize verdiği en kıymetli armağanlardan biri olsa gerek, boşa kullanmamak gerek, düşünerek hareket etmek gerek.

Çünkü tüm hareketlerin ve tercihlerin senin hayatını etkileyecek ve asla geri gelmeyecek karar verdiğin o an...

Sana, bana ve herkese bahşedilen tek bir hayat var.

Hayır diyemezsen o karar anında, o hayır diyememenin verdiği yorgunluk var ya en berbat yorgunluktur.

Bir karar verirken başkasıyla kendini kıyaslar, başkasıyla yarışa girerek karar verirsen o kararın sonucu kötü olduğunda kendin için vermediğin o karar seni öyle değersiz hissettirir ki çöp olmuş gibi olursun...

En kötü karar kararsızlıktan iyidir derler, evet doğru derler ama kendi kararın başkasıyla olan bir yarış değil bu. Bu senin hayatın, kıyasa girmene gerek yok ki. Kendini değersiz hissetmeyesin. Hem kendini değersiz hisseden bir insan kendini motive edebilir mi hiç?

Edemez dostum!

Evrenin sınırı yok evet ama senin dünyanın bir sınırı var ve bu sınırı sen çiziyorsun kararlarınla. Herkesin beş duyu organı var; herkes bu dünyayı aynı şekilde görür, duyar, hisseder, koklar, tadar...

Ama herkes farklı anlar; **"Sen gül düşün, gülistan olursun..."** (Mevlana)

Gülün dikeni seni korkutmasın, her güzelin bir kusuru vardır derler. Kusuru hiç saymayı bilmek gerek, o güzelliğin yanında o kusur ne ki demek gerek ve bu kusuru korku olarak görmemek gerek.

Gülü seversin, dikeni batar; evet ama bu pişmanlık oluşturmamalı!

Korku, acılar ve pişmanlıklar ilaç gibidir.

İlaçların bir son kullanma tarihleri ve dozları vardır.

Bir ilacı zamanında ve ihtiyacın var iken dozunda kullanırsan sana faydalı olur fakat dozunu aşarsan sana zarar verir ya da tarihi geçmiş bir ilacı tam zamanı deyip kullanırsan faydası olacak derken zarar görürsün.

Acılar, korkular ve pişmanlıklar aslında çok güzel tecrübedir her biri; sorgularsan her acını, her korkunu ve her pişmanlığını bir daha yaşamamak adına, sana bütün olumsuzluklarını tek tek söylerler.

Ne zaman ki sana zarar verdiğini, özgürlük alanlarını kapladığını, dünyaya baktığın pencereyi daralttığını hissedersen o zaman çöpe atılma vaktinin, son kullanma tarihinin geldiğini anlaman gerek.

Sınırları sen çiziyorsun unutma, bu hayat senin hayatın...

Bir rüya esnasında yedinci kattan düştüğünü görüyorsan bunun bir rüya olduğunu beynin sana hatırlatarak, korkuyu azaltmak adına, seni uyandırmak için, yani kendini uyandırmak için sen seni zorlar ve başarırsın!

Gerçek hayatta ise bu korkuları sen kulağına fısıldıyorsun, geçmişte yaşadığın kötü tecrübeleri aklına getirerek geleceğe dair adımları atamamana hatta ve hatta yerinde saymana sebep oluyorsun.

Geleceğini geçmişine harcamak ahmaklıktır!

Gerçek Mucize Kendine İnanmaktır

Dünya bile kendi etrafında dönüyor, kendi etrafında dönen dünyada yerinde saymak kabul görecek bir şey değildir!

Evet, olumsuzluk yaşadın, herkes gibi denedin ama olmadı fakat unutma ki hiçbir koşucuya başlangıç noktasında çiçekler sunulmaz ya da kupa verilmez.

Bütün güzellikler bir sürecin sonucu olarak karşına çıkar!

Yorulacaksın!

Terleyeceksin!

Yıpranacaksın!

Korkacaksın!

Düşeceksin ama KALKACAKSIN!

Ne olursa olsun devam edeceksin yürümeye, denemeye,

Zafer dediğin kaybederek kazanılır!

Gözbebeğin gibi sakladığın o acılarını büyütüp geçilmez bir engel gibi önüne çıkarıp, geleceğin bilinmeyen yanını yargılayıp kendi kendini korkutup dert sahibi olmaktan vazgeç.

Hepsi bir imtihandı ve geçti!

"Andolsun ki sizi biraz korku ve açlık; mallardan, canlardan ve ürünlerden biraz azaltma (fakirlik) ile deneriz." (Bakara:155)

İmtihan olduğunu bilmelisin, kötü bir gün geçirdin tamam ama bunu tüm hayatına mal edemezsin!

Kötü bir gün demek, kötü bir hayat demek değildir!

Kötü bir gün pis bir gözlüğe benzer ve sen bu gözlüğü eğer temizlemeden gözüne takar ve kullanırsan hem dünyayı pis görürsün hem de gözlerini bozarsın!

Yaşamadığın şeyleri yaşamış varsayamazsın!

Olumsuz düşünceleri olumlu ile değiştirmek, enerjini negatiften pozitife geçirmek senin elinde, hep olumlu olmayı benimsemen gerek.

Duada bile olumlu dua etmeyi bilmek gerek,

Allah'ım ne olur bugün kötü bir şey olmasın yerine, Allah'ım bugün güzel geçsin demek daha iyidir...

Hayır da şer de Allah'tan,

Gelecekten asla korkma,

Hiçbir şey için geç değil!

Her gün yeni bir hayat unutma...

Geçmişinde yaşadığın ne kadar olumsuz şey var ise hepsi güzel bir tecrübe idi; geleceğini temizleyen ve geleceğini inşa eden!

"...Hâlâ düşünmüyor musunuz?" (Yunus:3)
"...Hâlâ aklınızı kullanmıyor musunuz?" (Yûsuf:109)
"...Hâlâ aklınızı kullanmayacak mısınız?" (Enbiyâ:10)
"...Hâlâ akıl erdiremiyor musunuz?" (En'âm:32)

Biraz sohbet zamanı...

Vural: Bence hayat hiç güzel bir şey değil.

Erdi: Bugünlük canın sıkkın olabilir ama bu sadece kötü bir gündü, kötü bir hayat değil.

Vural: Çok uzun zamandır böyle hissediyorum.

Erdi: Peki bunu değiştirmek için bir adım attın mı?

Vural: İçimde istek yok ki. Kimse için hiçbir şeye değmiyor. İnsanlar çok nankör.

Erdi: Kendine ait olan hayatı kendin için ve sadece kendin değiştirebilirsin. Ayrıca Rabb'imin bin bir nimetle donattığı, hayran kalınacak bu eşsiz dünyada sıkılmak bir Müslümana göre değil dostum. Gördüğü her şeye sadece bakanlar ama görüntünün altındaki manayı, işleyişi ve düzeni göremeyenler böyle konuşurlar. Hiç sıkıldım diyerek solan bir ağaç gördün mü? Ya da sıkıldığı için süt vermeyen bir inek? Doğada insan dışında kalan her şey mükemmel bir düzende görevini yerine getirirler. Oysa insan hep bir yenilik, hep bir heyecan arar durur etrafında. Bakmanın görmekle aynı şey olmadığını anlamaktan acizdir. Kendini dinlemeyen, kendini bilmeyen ama her şeyi diğerlerinden bekleyen sadece ve sadece insanoğludur. Oysa kimse sana yeni bir hayat veremez. Kimse seni her gün aynı şiddette mutlu edemez. Kimse her saniye yanında bekleyemez. Sadece sen sana iyi gelirsen, kendinle baş başa kalmayı yalnızlık olarak görmezsen, hatalarına rağmen kendini seversen ve en çok Rabb'imden onay beklersen mutlu olursun.

Vural: Her şey güzel giderken tek bir kötü insan yetiyor her şeyi mahvetmeye.

Erdi: Yetmemeli. Sana iyi gelmeyen o davranışı kötülük olarak değil, Rabb'imin seni motive etmek için karşına çıkardığı bir basamak gibi görmelisin. Engelsiz yol yok. Dünya bir sınav yeri... Sabrımızı ölçen her durum aslında hayata karşı daha güçlü olmamızı sağlıyor. Sadece doğru taraftan bakmayı bilmelisin.

Vural: Nasıl bakacağım?

Erdi: Kötünün içindeki iyiyi görmeye kendini alıştıracaksın. İnsanların ne dediğiyle değil, sana ne öğrettikleriyle ilgileneceksin. Rabb'im kulunu kollar, gözetir ve ona sürekli olarak işaretler gönderir. Bizler, onun kudretini ve ilmini anlamaktan aciz beyinlerimizle bu işaretleri çoğu zaman doğru yorumlayamayız ve yaşama isteğimiz kolayca kaçıverir. Oysa birçok musibet aslında kapımızda bekleyen mucizelerin önünde gelir.

Vural: Mucizeler mi?

Erdi: Rabb'im kuluyla iletişime geçerken hep başka insanları, durumları ya da sebepleri kullanır. Başına gelen her şeyin ondan geldiğini bilirsen ve acıların sonsuza kadar sürmeyeceğine inanarak onun adaletine kendini teslim edersen sıkıntılar dağ gibi sırtına yüklenerek seni hayattan soğutmaz.

Bunca anlayamadığımız, bunca çözemediğimiz, sırrına eremediğimiz âlemler varken, kendi küçük ve aciz dünyanda sıkılmak çok boş değil mi? Rabb'imin yarattığı mana denizlerinde bir su damlası bile değiliz. O kadar küçük, o kadar aciz olsak da güzeli görmeye başladığımızda o denize yön veren bir dalgaya dönüşüveririz. İnsan gariptir dostum. Kendi gücünü anlaması için musibetlere ihtiyaç duyar. Sabrı sınanmadan mutlu sona eremez. Rabb'imin bahşettiği bütün kudret içinde bir yerlerdedir ama en çok da içine doğru yolculuk etmekten korkar insanoğlu, onayı hep başkalarından bekler. Tatlı sözler, iltifatlar, olumlu düşünceler duymak ister. Kendinden çok başkasına inanmaya meyillidir. Oysa başkası bizi ancak kısa süreliğine ikna edebilir. Bu uzun ve zorlu yolda hakkıyla mücadele ederek mutlu kalmak istiyorsan kendine inanmayı, kendi kendini motive etmeyi öğrenmelisin.

Vural: Ama nasıl?

Erdi: Sahip olduklarına şükredeceksin. Her yeni güne aynı şartlarda uyanmak değil, aynı ruh hâliyle uyanmak insanı bıktırır. Seni mutlu edecek sebepler bulacaksın. Sabah ezanıyla uyanıp Rabb'inle konuşmak ve namazını kıldıktan sonra tekrar uyumak kalan güne başka bir ruh hâliyle başlamanı sağlar. Geceleri ilim öğrenmek daha rahat uyumanı ve öğrendiklerini uykunda pekiştirerek beyninin boşluktan kurtulmasını sağlar. Sevmek kalbi iyileştirir. Karına uzun süredir günaydın demiyorsan bunu söylemen onun da gününü güzel başlatır. Birinin mutluluğuna sebep olmak senin de mutlu olmana vesile olur. Mutluluk bulaşır dostum ama isteksizliğin de bulaştığını unutma.

Vural: Çok tembellik yapıyorum evet.

Erdi: Atalarımız ne güzel söylemiş; nerede hareket orada bereket diye. Zinciri kırmak için sadece harekete geçmen yeter. Bir haftadan fazla tekrarladığın her şeyin alışkanlığa dönüşme ihtimali çok yüksek. Güzel alışkanlıklar edinmek aslında sandığımızdan daha kolay. En zoru, sadece ilk adımı atabilmek. Bazen kendine inanmak için yapabildiğini görmen gerekir ama hareket etmeden neyi ne kadar sürede, ne şekilde yapabildiğini görmen mümkün değildir. Durgun su yalnızca bakteri üretir. Etrafına engel olarak çektiğin düşüncelerinden sıyrılarak sahip olduğun suyun akmasına izin ver.

Vural: Bu saatten sonra neyi başarabilirim ki?

Erdi: Rabb'imin sana armağan ettiği onca özelliğin, sağlıklı bir bedenin ve henüz ölçmediğin kapasiten varken bunu düşünmek için çok erken değil mi? Öğrenmenin, görmenin ama en önemlisi sevmenin yaşı, cinsi, ırkı yoktur. Gördükçe sever, sevdikçe denemeye devam edersin. İnsan durmak için yaratılmadı dostum. Boş duranın şeytanla mesaisi başlar. Boş duran başkalarını eleştirmekten ve onların hayatlarını izlemekten başka bir iş yapmaz. Boş duranın kalbi de durgun su gibi kötülük üretir. Boş duran kendi içindeki vesvese veren şeytanın sesini daha net duyar. Oysa seven, sevilen, üreten insan şeytandan ve vesvese veren nefsinden uzaklaşır. Kulakları güzeli duyar, gözleri iyiyi görür, kalbi ayırt etmeden sever.

Vural: Ne güzel konuşuyorsun.

Erdi: Güzel şeyleri hak ediyorsun. Sadece fark etmen gerek. Ölüm zaten bir gün kapını çalacak ama sen neden çoktan ölmüş gibi davranmaktasın? Mana âleminin gerçek sahibine verecek bir hesabın olduğunu unutma. O gün gelip çattığında çok sıkılmıştım diyemezsin. Kazananlardan olmak istiyorsan, şu an yaşadığın dünyaya güzellikler bırakmalısın. Her hareketinle, hatta hareketsizliğinle bile bir şeylere sebep olduğunu bil. İyilik de kötülük de zincir gibi birbirine bağlı hareket eden davranışların sonucudur. Sen birine güzel bir söz söylersin, o biri gider başka bir yetimi sevindirir. Kendini, yapabileceklerini, sebep olduğun şeyleri küçümseme. Yalnızca şu var ki aciz beyinlerimizle her şeyi göremiyoruz. İyilik zincirini kendinden başlatmaya ne dersin?

Vural: Sanırım Rabb'im beni seviyor.

Erdi: Bundan emin olacak kadar sevildiğini bilmelisin. İnsanın yüreğinde Allah sevgisi varken iyilikten başka çaresi yoktur. Sebep olduğun her iyiliğin başka bir zaman diliminde sana döndüğüne şahit oldukça Rabb'imin düzenine hayran kalacaksın. Sıkılmak için vaktin kalmayacak. Mana âlemine gizli sırlar ve Rabb'imin sonsuz hazinesinde senin için bekleyen güzellikler varken, aç avuçlarını ve iste. Senin için hayırlı olan her şeyin bir bir gerçekleştiğini göreceksin.

Vural: Deneyeceğim.

Erdi: Dene dostum. Hiçbir şey için geç kalmış değilsin. Her insan zaman zaman bunalır ve kendini tekrar eden hayatından sıkılmaya başlar. İşte bu aşama hayırlıdır çünkü bir şeylerin değişmesi gerektiğini müjdeliyordur. En büyük değişimler kişinin kendi içinden başlayanlardır. İçine doğru in. Ne istediğini, neyin hayalini kurduğunu en çok neyi değiştirebileceğini bul. Bu soruya senden başkası cevap veremez.

Vural: Rabb'imle konuşmayı bıraktım dostum.

Erdi: Hayırlı bir insan olabilmek için önce hayırlı bir kul olmak gerekir. İçindeki boşluğu ancak Allah sevgisiyle doldurabilirsin. Sevildiğini bilerek onu daha çok sev. Onun emanetlerine sahip çık. Görevini mükemmel şekilde yerine getirmek için bütün vasıflara sahipsin. Görevin; dünyayı ama ilk önce kendi dünyanı güzelleştirmek. İnan gerisini Rabb'im fazlasıyla veriyor.

Kendime Not:

....

....

....

....

....

Gerçek Mucize Kendine İnanmaktır

Hayattaki en zor durumlardan bazı örnekler;
Ertelenmiş bir hayat ve ertelenmiş bir amaç,
Kabullenilmiş çaresizlik,
Erken yaşta karamsarlık,
Geç yaşta gelen pişmanlık.

Hiçbir şeyi erteleme, hadi dün erteledin ama bugün erteleme!

Hiçbir sorunu çaresiz olarak görme! Hadi dün gördün ama bugün görme!

Genç yaşlarda karamsarlığa kapılırsan önünü göremezsin!

Işık sensin, yak ışığı...

Neye geç kaldıysan, neye pişmanlık duyuyorsan bir adım at; yenmek için ne kadar geç olursa olsun, ne kadar yaşın geçmiş olursa olsun, hâlâ nefes alıyorsun, hâlâ geç değil!

Nefes aldığın sürece geç değil!

Kendine inandığın sürece geç değil?

İnsanlığımızı hatırlatacak ve göz pınarlarımıza merhaba diyecek bir kıssadan hisse;

Annem tek göze sahipti yani öteki gözü çukurdu, yeri boştu.

Ondan nefret ediyordum çünkü bu durum hep beni arkadaşlarımın arasında utandırıyordu!

Babam ben çok küçükken bir kazada öldüğünden evi geçindirmek anneme kalmıştı, bu yüzden okulda aşçılık yapıyordu.

İlkokuldayken bir gün annem beni okula görmeye gelmişti, o an sanki yerin dibine girmiştim ve kendi kendime hep soruyordum; bunu bana nasıl yapabildi!

Onu görmezden geldim ve ona nefretle bakarak oradan kaçtım.

Ertesi gün sınıfta arkadaşım bana "SENİN ANNENİN SADECE BİR GÖZÜ VAR NE BİÇİM ÖYLE HORTLAK GİBİ!" dedi ve diğerleri de onunla beraber gülmeye başladılar!

O an yerin dibine tekrar girdim ve annemin tamamen kaybolmasını istedim!

Akşam eve gittiğimde anneme "BENİ GÜLÜNÇ DURUMA DÜŞÜRECEĞİNE ÖLSEYDİN DAHA İYİYDİ!" diye bağırdım.

Annem ise hiç karşılık vermemişti.

Tek gözüyle bana baktı baktı ve uzaklaşıp odasına çekildi.

Dediklerim için hiç düşünmemiş, sinirle ağzıma geleni saymıştım çünkü çok kızmıştım!

Onun duyguları beni hiç ilgilendirmiyordu! Onu evde de istemiyordum ama ev onun üstüneydi!

Çok çalıştım, büyüdüm ve kendime bakabilir duruma geldiğimde başka bir ülkeye okumaya gittim.

Bir süre sonra da evlendim, çalıştım çabaladım bir ev aldım, çocuklarım oldu; kısacası hayatımdan çok memnundum ve annemi unutmuştum!

Bir gün annem bize ziyarete gelmişti, öyle ya kaç yıldır beni görmemişti, torunlarından bile habersizdi!

Kapıyı ben açtım;

Çocuklarım tek gözlü birini görünce korktular, sonra da güldüler.

Babaanneniz diyemedim!

İçeri girince ilk fırsatta ona "EVİME GELİP ÇOCUKLARIMI NASIL KORKUTABİLİRSİN? BURADAN HEMEN GİT!" dedim.

Bu çıkışıma annem kısık sesle "KUSURA BAKMAYIN BEN YANLIŞ ADRESE GELDİM GALİBA," dedi ve çıktı gitti!

Uzun yıllar geçti, annemi ne aradım ne sordum...

Ve bir gün bir telefon geldi;

Annemin öldüğü haberi!

Duyunca bir anda üzülür gibi de oldum, sevinir gibi de oldum fakat bana bir mektup bırakmıştı, onu da söyledi arayan kişi ve ekledi;

Gelip annenizi gömmeniz gerek çünkü sizden başka hiç kimsesi yok ve irtibat olarak sadece siz varsınız!

Eşime iş ile ilgili yalanlar uydurdum ve kalktım gittim,

Mektubu elime aldım,

Okumaya başladım!

"EN SEVGİLİ OĞLUM,

HER ZAMAN SENİ DÜŞÜNDÜM, YANINA GELİP ÇOCUKLARINI KORKUTTUĞUM İÇİN ÖZÜR DİLERİM.

SENİ HEP BEKLEDİM GELECEKSİN DİYE, HEP BEKLEDİM.

AMA GELMEDİN.

BU MEKTUBU YAZDIM SANA.

SENİ BÜYÜTÜRKEN TEK GÖZÜMLE DEVAMLI UTANÇ KAYNAĞI OLDUĞUM İÇİN DE ÜZGÜNÜM.

BİLİYOR MUSUN BİRİCİK OĞLUM,

SEN KÜÇÜKKEN BABANLA KAZA GEÇİRMİŞTİN, KAZADA BABAN ÖLMÜŞTÜ, SEN İSE TEK GÖZÜNÜ KAYBETMİŞTİN!

ANNEN OLARAK SENİN TEK GÖZLE BÜYÜMENE RAZI OLAMAZDIM.

BABANDAN KALAN TARLAYI SATIP AMELİYAT MASRAFLARINA HARCADIM VE O ÇUKUR OLAN GÖZÜMÜ SANA NAKLETTİRDİM.

NAKİL ÇOK GÜZEL GEÇMİŞTİ, HİÇ BELLİ OLMUYORDU.

BEN O ÇUKURLA UTANÇ KAYNAĞI OLSAM DA SEN GÖRÜYORDUN YA BU BANA YETİYORDU!

ANA YÜREĞİ YA OĞUL, SANA HİÇBİR ZAMAN O GÖZÜ BEN VERDİM, BENİM GÖZÜMLE GÖRÜYORSUN DİYEMEZDİM.

SANA EKSİK HİSSETTİRECEĞİME KENDİM EKSİK HİSSEDERİM DAHA İYİDİR DEDİM!

BAŞARILARINDAN DOLAYI SENİNLE İFTİHAR ETMEK BANA YETİYORDU!

HER ŞEYE RAĞMEN SEN BENİM OĞLUMSUN...

SONSUZ SEVGİLERİMLE..."

Dün geç kalmış olabilirsin ama bugün geç değil, sevdiğin insanlara onları sevdiğini söyle ve unutma; tek annen tek baban var! Üzme onları, of bile deme!

Sevdiklerine kızsan bile diline hâkim ol!
Söz öyle bir silahtır ki öldürmez süründürür!
Ve insanlara ne yaparsan yap, onlara ne hissettirdiğini asla unutmazlar!

"...İnsanlara güzel söz söyleyin..."

(Bakara:83)

"Onlar, sabredenlerdir, doğru sözlülerdir..."

(Âl-i İmrân:17)

"...Söz söylediğiniz zaman, yakınlarınız dahi olsa adaletli olun..."

(En'âm:152)

"...Hiç olmazsa kendilerine gönül alıcı bir söz söyle."

(İsrâ:28)

"Kullarıma söyle, sözün en güzelini söylesinler..."

(İsrâ:53)

"Ona yumuşak söz söyleyin..."

(Tâ-Hâ:44)

"Onlar ki, faydasız işlerden ve boş sözlerden yüz çevirirler."

(Mü'minûn:3)

"...Allah'tan korkun ve doğru söz söyleyin."

(Ahzâb:70)

Tâ-Hâ suresi 46. ayette "Allah, şöyle dedi: 'Korkmayın, çünkü ben sizinle beraberim. İşitirim ve görürüm.'"
Korkularla başa çıkmanın tek yolu onlarla yüzleşmektir!
Ki Allah yâr ve yardımcınken hiçbir şey için korkmana gerek yok!

Zaman soframızdaki en mühim, en önemli yemek, aç kalmanın korkusuyla her gün biraz daha kendimizi yer bitirir ve farkına bile varmayız, zamanı asla geri getirmeyeceğimiz acı bir gerçek olsa da geçmişte takılı kaldığın o anı şimdi önüne koymak da bizi geri dönülmez bir yola sokar dostum.

Geçmişte yaşadığın her acı anı, her kötü deneyimi tecrübe olarak görmez, bunların etkisi altında kalarak yaşarsan sorunlu bir hayata adım atmış olursun. Her attığın adımda senle birlikte yol alan dertler, sıkıntılar biriktirirsin.

Geçmişte yaşadığın ne olursa olsun, şu anını katlediyor ve mantıklı kararlar almanı engelliyorsa gerçekten problem var demektir.

Sen, ben, o, bu, şu fark etmez her insanda farklı şekilde ve farklı surette gün yüzüne çıkmayı bekleyen saklı gizli düşünceler var... Ne kadar yetişkin görsen de kendini her zaman bir yanını eksik hissedersin, bu eksiklik çocuklukta yaşadığın olaylardan beslenerek hayatını sınırlandırır!

Alakası var mı yok mu deme, sebebini görmediğin, hatta yüzleşmediğin ama geçmişinle arkadaş olmuş eksiklikler hayatını tamamen etkiliyor.

Karar vermekte zorlanan, konu ne olursa olsun adım atmaktan korkan, akıp geçen zamanın hükmettiği bu hayatta yerinde saymak diye bir olay olmadığından sürekli geriye doğru giden bir adam; en büyük korkusunun karar vermek olduğunu kendine itiraf edip bir danışmana gittiğinde, çocukluğuna inmek üzerine bir çalışma yapılır ve 8 yaşındaki hâliyle yüzleşir.

Herkesin bir sınavı var tabii o ayrı mesele dostum ama bu adam 8 yaşında yaşadığı hadiseyi asla atlamamış.

8 yaşında sürekli ailesinin kavgasına şahit olmuş ve anne baba çocuklarını karşılarına alıp "Boşanalım mı? Senin fikrin nedir?" diye sormuşlar.

O yaşta anne ve babasının artık kavga etmesini istemediği için tamamen iyi niyetiyle "Boşanın." cevabını vermiş ama annesi babası sırf o dediği için boşanmış olmasa da asla bu fikri aklından silememiş, ömür boyu sürecek bir pişmanlıkla baş başa kalmıştır.

Pişmanlıktan oluşan karar verme korkusu çok fazla zorluk yaşamasına sebep olmuştur.

Aslında ebeveynlerin kendi ilişkilerinde ve problemlerinde çocukları saf dışı bırakması oldukça önemlidir. Çocukla olan bağlarının kendi bağlarından farklı olduğunu algılamaları, kendi ilişkilerinin sorumluluklarını küçücük çocuklara yüklememeleri son derece belirleyicidir.

Annenin boşanmayı istemeyen taraf olduğunu ve 8 yaşındaki oğlundan kesinlikle "Boşanmayın." yanıtını alacağını düşündüğü için kocasına bu teklifi sunduğu detayını kaçırmayalım.

Boşandıktan sonra; anne, eşiyle olan tüm sorunlarını, tüm kavgalarını unutup tek sebebi oğlunun verdiği cevap olarak görmeye başlar, bunu sürekli yapmasa da maddi sıkıntı çektiklerinde ya da eski kocasını yeni bir kadınla gördüğünde yaşadığı üzüntüyü oğlunu suçlayarak dile getirir!

Evet, tercih ettiği o hayatı tercih etmemiş gibi oğluna yüklenerek kendini rahatlatmaya çalışsa da nafile; yapması gereken, kendi tercihiyle yüzleşmek ve çocuğunun fikrine sahip çıkmak yerine kendi fikriyle yüzleşmektir.

O çocuğun yerinde olduğunu düşün dostum, bu çocuk bu kadar yükün altında, etkilenmeden nasıl bir hayat kursun?

Bu öyle bir etki ki nesilden nesle temas eder; anneden çocuğuna, çocuk büyüdükten sonra evlenmesiyle de eşine ve çocuğuna...

Korkularınla yüzleşmek ve olumsuz durumları düzeltmek için adımlar atmak gerek!

Korkularını aklına bir getir,

En büyük korkun nedir?

Kapalı alanda kalmak, yalnızlık, ölüm, terk edilmek, deprem, çaresiz bir hastalık, evlenememek, çocuk sahibi olamamak, iflas etmek, karnende zayıf gelmesi ve benzeri...

Saydıklarımdan olmasa bile korkun, şimdi aklından geçen o korkunu kendine itiraf et...

Korktuğun şey her neyse başına geldiğinde olabilecek en kötü şeyleri düşün, evet düşün dostum, bir şeyi düşünmemeye çalışmak onu yok etmez. Sen beynine düşünme dedikçe beyin sana "Neyi düşünmeyecektim?" diye soru yöneltecek ve bu düşünceler her zaman önüne taptaze tekrar çıkacak, beynin bu çalışma şeklini yenemezsin, boşuna savaşma; onun yerine, o düşüncelerle yüzleşmeyi dene.

Korktuğun şey olarak, terk edilmek diyelim; düşündüğün an bile göğsün sıkışıyor değil mi? Acı veriyor derinden derine, düşüncesi bile bu kadar acı veriyorsa gerçekten yüzleşsen ne olur acaba?

Her düşündüğün gerçek oluyor mu onu da bir düşün, 100 milyon dolar düşün oldu mu ya da uçmayı düşün ya da daha mantıklı olalım yarın sabah kalktığında kapında bir buket çiçek olsun, küçücük bir mucize yani ama olmaz, her düşündüğün gerçek olamaz!

Her düşüncen gerçek olacakmış gibi davranamazsın!

Ki ne kadar korkarsan bir şeyden, korktuğun şeyin başına gelme ihtimali de o kadar artar. Çünkü inanırsın ve ona göre yaşamaya başlarsın, ona göre adımlar atarsın, terk edilme korkusuyla yürüttüğün bir ilişkide bağlanma problemi yaşar, karşındaki insanı kısıtlamaya kalkar, onsuz yapamayacağını hastalıklı bir biçimde gösterir, hayatını tamamen ona adamış gibi hissettirir, onaylamadığı ilk harekette öfke dolar, hatta ağlarsın, senden apayrı bir plan yapmak istediğinde sana haber vermesini değil izin almasını beklersin; yani sonuç olarak ilişkiyi sen değil korkuların idare eder, yönetir ve fazla baskıdan ilişki biter gider.

Mesela attığın her adımda korktuğunu düşün!

Bunun da iki sebebi olabilir; ya yürüdüğün zemin güven vermiyor ya da bacaklarına güvenmiyorsun!

Zeminin güvenli olmayışını karşındaki insanın güven vermeyişi olarak düşün.

Peki, bu insan gerçekten güvenilmez mi yoksa bu, senin geçmişte yaşadığın deneyimlerinin yargısı mı? Güvenini kıracak bir hareketi oldu mu yoksa eski sevgili, eski dost her neyse yaşadığın kötü anıların kahramanlarına benzediği için kurban mı oldu?

Her ne olursa olsun, sen kendinden sorumlusun!

Zemini sağlam olsun olmasın, senin ayaklarının dirayeti olmaz ise, ayaklarına güvenmez isen zemin sağlam dahi olsa o zeminin güzelliğinin tadına varamazsın! Yürümek başka, dans etmek başkadır!

Önce kendi bacaklarına güvenmeyi bilmen gerek, geçmişinde ne yaşadıysan yaşadın, onunla yüzleş ve onu yok et! Çünkü sen kendinden sorumlusun, zeminden değil!

Korkularınla yüzleşmek güzeldir, insana yaşama hissi verir ama korkularından korkmak tüm hislerini kemirir. Gerçek olmayan düşünceleri düşüne düşüne nasıl sıkılmaz ki bir insan, sıkılması gerek! Ki sıkılmak önemli bir aşama, görmediğin şeyleri gösterir sana, sıkıldıkça umursamaz bir hâle getirir ve omzundaki o yükleri atmaya fırsat yaratır! Kendini anladığın sürece kendine yardım edebilirsin.

Aileden biriyle yaşadığın acı bir anı hatırlamanı istiyorum, bu saçlarınızı istediğiniz gibi kesememek olabilir ya da istediğiniz bir elbiseyi giydirmemiş olabilirler ya da istediğiniz bir hobinizi engellemiş olabilirler; bunların hepsi içinizde ukde kalan bir probleme dönüşmüş olabilir.

Hiç kimse mükemmel bir çocukluk yaşamamıştır, hepimizin çocukluğuna dair sevgisiz yetersiz ve değersiz hissettiği anlar vardır. Yani seni, beni etkileyen bu anıları çocukların %95'i yaşadı. Şimdi çocuk günlerine dön ve anneni hatırla, sana davrandığı gibi değil de davranmasını istediğin hâlini de düşünebilirsin, özgürsün! Adım atmaya başladığın o ilk an senin elinden tutuşunu, sen bir şey başardığında sana alkış tutuşunu, karşına geçip diz çöküp koş gel diyerek kucak açışısın ve gülüşünü, ona sarıldığında mis kokusunu, seni ne kadar sevdiğini ve senin de buna ne kadar değdiğini hatırla. Gözlerini kapat ve bu anları birkaç dakika düşün lütfen... Babanın senin için saatlerce çalıştığı için sana zaman ayırmadığını değil de eve geldiğinde cebinden çikolata çıkarışını düşün, iş yerinde iken telefon açıp senin sesini duymak istediğini düşün, evet her çocuk der keşke çalışmasaydı da babam yanımda olsaydı ama öyle bir dünya yok işte!

İyi şeyleri düşünmeye devam ederken hatırlayabilirsin, her çocuğa ailesinin "Sen yapamazsın" dediği bir an vardır. Unutun o cümleyi ve affedin! Onlar görevlerini iyi/kötü, cahilce veya profesyonelce bir şekilde yaptılar, seni büyüttüler ve en savunmasız, en çaresiz zamanlarında seninle birlikteydiler ve sen çocuktun, seçme hakkın yoktu, yaşadığın her anın da bir sebebi muhakkak vardı, bunu sakın unutma.

Maruz kaldığın haksızlara direnecek ya da sana yaşatılan her ne ise doğruluğunu sorgulayacak ne zihne ne güce sahip değildin ama artık sahipsin.

Sen o küçük savunmasız çocuk değilsin artık, affetme olgunluğuna erişmiş, kendinden olanla yüzleşme cesaretine sahipsin! İçindeki korkunun geçmişten gelen sebebini bulduğunda ve artık onu düşünmekten korkmadığında bu korkuları yenmek adına güzel bir adım daha atmış olacaksın!

Korktuğun şeyi her dakika yaşadığın için değil, her saniye beynini kemirdiği için korkuyorsun, kusura bakma ama gerçek sadece bu!

Ve asıl gerçek ise içinde yaşadığın şu andır! Düşüncelerin değildir.

Yarın ya da dün değil, sadece bugün!

Korkularından dolayı, dünü düşünerek bugününü kaybediyorsun ve bugünü kaybeden yarını hiç elinde tutamaz!

O beynindeki canavarı özgür bırak gitsin. Sana işkence çektireceğine özgür kalması daha iyidir. Bu kalan boşluğu ise sevgiyle doldurabilirsin dostum...

Bugün iyi seçimler yap ki
yarın pişman olma!
Bugün cesur ol ki
yarın pişman olma!
Bugün dolu dolu yaşa ki
yarın pişman olma!

Gerçek Mucize Kendine İnanmaktır

Bir bilge gölün kıyısında oturmaktayken dili dışarıya sarkmış köpeğin devamlı gölün dibine kadar gelip tam su içecekken kaçtığını görür.

Dikkatlice bakar.

Köpek susamıştır fakat göle geldiğinde suda kendi yansımasını görmekte ve kaçmaktadır, bu yüzden su içememektedir!

Bilgenin saatlerce izlediği köpek, sonunda onu şaşırtarak kendini bir anda göle atar, atlayınca sudaki yansımanın kaybolmasıyla kana kana su içer.

Bilge o an düşünür:

İnsanın istekleriyle arasındaki engel çoğu zaman kendisidir! Kendini aşarsa isteklerini elde edebilir!

Bilge biraz daha düşündükten sonra:

İnsan bilge olsa da bir köpekten bile öğrenecekleri vardır!

Kafeste uzun yıllar yaşamış kuş cinslerinde, Kafes kapağı açılsa bile birçok kuşun dışarıya çıkamadığı gözlenmiştir.

Seni hapseden bilincinin çizdiği kafes kapısı açık olsa da içerde kaldığın süre uzadığı sürece içinden çıkman zorlaşacak.

Kanatların gücünü kaybedecek, bilincin uçmayı hatırlamakta zorlanacak, kasların zayıflayacak ve umutsuzluğu kabullenmeye başlayacaksın!

Özgürlüğü kısıtlayan faktör ortadan kalktığında kuşlardan uçup gitmesi beklenirken neden uçup gitmezler ki?

İlk andaki ve sonraki birçok denemesi kafes kapalı olduğundan başarısızlıkla sonuçlanmış, içeride kaldıkları süre uzadığı için çaresizliği kabullenmiştir.

Öğrenilmiş çaresizlik, çaresizliklerin en kötüsü, kurtulmak kolay ama görmek çok zordur.

Öğrenilmiş çaresizlik durumunda seni engelleyen etkenler yok olsalar bile tutsaklığı kabullenmişsindir bir kere! Bu kabulleniş yüzünden tek bir adım dahi atamazsın ama aslında o ilk adımı atman her şeyi yeniden değerlendirmene yol açacaktır.

Önemsiz gibi görünen, insanı hiçbir yere götürmez dediğin o ilk adım seni o kafesten kurtarabilir!

Yaşadığın sıkıntı ne ise geçecek, sadece tutsaklığı kabullenmeyip o ilk küçük adımı atmayı dene!

Yaşadığın tüm acılar birer deneyimdi.

Başına ilk geldiğinde dert, sıkıntı sanki gözünün uçunda duran karınca gibi kocaman büyük ve korkunçtu.

Süreç geçtikçe sen o duruma uzaklaştıkça küçüldü.

Çünkü aslında doğru mesafeni buldun, şu an yaşadıkların için de aynı durum olacak.

Acılar korkulara, korkular da hapsedici çelik zincirlere dönüşür.

Anla, sorgula, hatta dibine kadar acı çek ama sırtında yol almalarına izin verme!

Çaresizliğin öğrenilen bir şey olduğunu bil ve unutma; denemeden ne kadar güçlü ve büyük olduğunu göremezsin!

O ilk adımı atmayı dene ve gör.

Özetle, bastırdığın her acı hayatının farklı alanlarına etki eder, süreci yaşamak mucizelere kendini açmak demektir, acını sindirdiğinde korkuların da erir gider, birinin yaşattığı acıyı diğer insanlara mal edemezsin!

Korkularını mı yaşamak istersin?

Yoksa istediğin bir hayat mı yaşamak istersin?

İşte bu soruya sen cevap verebilirsin.

Ya şoför ol ya da o arabadan in hemen!

Direksiyon korkulara teslim edilmez ya da şöyle söyleyeyim, ayağın hep frende olursa araban hareket etmez!

Elinden bir şey gelmeyince,
Hiçbir şey yapmadan kabullenmek ve sonunda ise bir kelimenin arkasına sığınmak,
Çaresizdim diye kendini savunmak ve kolaya kaçmak,
Doğru değil!
Çünkü asıl çaresizlik,
Bir süre sonra kendine elimden geleni yaptım mı diye sormaktır!
Kendini suçlamak ve pişmanlık yaşamaktır!

"ÇARESİZLİK ALLAH'TAN GELEN EN GÜZEL İŞARETTİR, DUA VAKTİNİN GELDİĞİNİ GÖSTERİR."

Mevlana

Biraz sohbet zamanı...

Ayşe: Ona karşı çok öfkeliyim. Bana yaptıklarını bir türlü unutamıyorum.

Zehra: Ne zaman bitti ilişkiniz?

Ayşe: Bugün tam beş ay oldu.

Zehra: Uzun bir süre.

Ayşe: İstediğim tek şey onun cezasını çektiğini görmek.

Zehra: Haksızlığa uğradığını düşünüyorsun.

Ayşe: Çünkü haksızlığa uğradım. Ona bu kadar fedakârlık yapmışken aldattı beni. Hem de hiç değmeyecek çirkin bir kadınla.

Zehra: Kadın seni biliyor muydu?

Ayşe: Sanırım hayır ama bu kadının çirkin olduğu gerçeğini değiştirmez.

Zehra: Allah'ın yarattığı herhangi bir varlığa çirkin demen hoş değil ki sana bağlı olması gereken kişi kadın değil, erkek arkadaşındı.

Ayşe: Ama ben daha güzelim.

Zehra: Kendini o kadınla kıyaslamayı bırakmalısın.

Ayşe: Neden?

Zehra: Kadına çirkin diyorsun ama bu bile senin rahatlamana sebep olmuyor. Sende olmayan ama onda olan şeyleri merak ederken kendini yiyip bitiriyorsun. Çünkü elindekini aldığı için onun her durumda senden üstün olduğunu düşünüyorsun. Bu seni olmadığın biri yapar ve asla mutlu olamazsın.

Ayşe: Yok yok. Ucuz olmak lazım bu hayatta. O zaman değerin biliniyor.

Zehra: Senin değerin eski sevgilinin gözünden geçmiyor.

Ayşe: Ne yani? Aldatılalım ve gülüp oynayalım mı? Tabii ki de kendi değerimin farkındayım. Beni kaybettiği için sürünecek olan o.

Zehra: Onun sürünmesini beklersen kendi hayatını yaşayamazsın. Allah'a havale etmeyi dene.

Ayşe: Nasıl yani?

Zehra: Her şeyi bilen ve gören Rabb'in, senin için hayırsız olan birini senin hayatından bu şekilde çıkardı.

Ayşe: Allah beni sevmiyor mu? Neden bu kadar üzülmemi istiyor? Neden bu şekilde çıkarıyor hayatımdan? Daha insani bir yolla çıksa olmaz mıydı? İlla aldatılmam mı gerekirdi?

Zehra: Yaratıldık ve dünyaya öylece bırakılmadık dostum. Allah koruyan ve gözleyendir. Sana bir acı yaşatıyorsa emin ol ki bunu yaşaman gerekiyordu. Yaşadığın acıyı aracı kılarak aslında sana bir şey öğretti.

Ayşe: Çok acı çekiyorum.

Zehra: Acı tatlı bütün tecrübelerin sonunda kendini Rabb'ine teslim edebilirsen kazanırsın. Sana öğretmek istediği şeyi anlamaya çalış. Neden bunlar başıma geliyor demek yerine, bu yaşadığımdan ne anlamalıyım de.

Ayşe: Ne anlayabilirim ki?

Zehra: Mutlu anlar ya da güzel tevafuklar olduğunda Allah'ın seni sevmediğini düşünüyor musun? Tabii ki de hayır. Ama sana iyiyi de kötüyü de yaşatan Rabb'in, senin yolunu kapatmak yerine açıyor. Öğrenmeni, görmeni, şükür etmeni istiyor. Hayatın bir sınav olduğunu unutma. Kötülüklere verdiğin tepkilere ve ne kadar iyi bir insan olmayı seçtiğine bakılıyor. Her büyük sınavda ağlayıp isyan edersen, daha güzel bir hayatın da olmaz. Sahipsiz değilsin. Rabb'in vermek için sebep arıyor. Onun hazinesinin sonsuz büyüklükte olduğunu unutma. Kendini bu dünyada fazlalıkmış gibi hissetmekten vazgeç ve iste.

Ayşe: Eski sevgilimin acı çekmesini istiyorum.

Zehra: Elbet çekecektir. Rabb'imin adaletinden şüphen olmasın. Sadece senin istediğin ve beklediğin zamanda olmayabilir ama hiçbir kötülük cezasız kalmaz. Yaşattığını yaşamadan ölmezsin. Sen sadece havale et ve kötü sözler söyleme. İçinden çıkamadığın her acıda, Şems-i Tebrizi'nin şu sözünü hatırla; "Sana affedilmeyecek kadar büyük hata yapan birine, akıl sınırlarının bittiği yerden başlayacak ceza vermek istiyorsan bütün kalbinle affet. Hissedilen her şeyi arşivleyen kader, kendisiyle en iyi biçimde ilgilenecektir."

Ayşe: Ah ediyorum ona.

Zehra: İçinden geçen her şeyi ve sana yaşatılanı her detayıyla bilen bir Rabb'in varken, onun yarattığı bir kuluna sadece sana kötülük etti diye, kötü sözler söyleme. Ah etmek için, eski sevgilinin başına gelmesini istediğin belaları sayman gerekmiyor. Acın arşivleniyor unutma. Acıdan nefes alamazken çektiğin derin bir nefes bile ah olarak Rabb'ine ulaşıyor. Seni de o yarattı. Yarattığına edilen kötülüğü karşılıksız kılar mı? Şüphesiz mutlak adalet sahibi O'dur. Yarattıkları arasında dengeyi de O bulur ve buldurur.

Ayşe: Ama onun hayatı mükemmel giderken, bütün aksilikleri ben yaşıyorum.

Zehra: Bunu nereden biliyorsun?

Ayşe: Sosyal medya hesabında paylaştıklarından... Beni üzdü ama şu an çok mutlu ve yanında beni aldattığı kadın var.

Zehra: Sosyal medyada paylaşılan her şeyin gerçek olmadığını sen de benim kadar iyi biliyorsun. Onu takip etmeyi bırak.

Ayşe: Takibi bıraktım hatta engelledim zaten.

Zehra: Ben beyninde engellemenden bahsediyorum. Onu izlemeyi bırak. Ne yapmış, kadınla birlikte nereye gitmiş, yüzündeki gülücük gerçek mi? Ya da senin yanındayken de öyle gülüyor muydu? Bunların hepsini bir kenara bırak. Rabb'inin yaşattığı hiçbir şeyin sebepsiz olmadığını bil. Bu adam sana göre değildi ve artık hayatından gitmesi gerekiyordu. O kadını da buna vesile kıldı.

Ayşe: Her şey daha da kötü oluyor.

Zehra: Hayır bu bir sınavdı ve sen kazanacaksın. Daha güzel, daha iyi, hatta hayal bile edemeyeceğin bir güzellik hayatına girecek.

Ayşe: Emin misin?

Zehra: Geleceği Allah dışında kimse bilemez. Ancak nefes

alamadığın bir acıyı doğru atlatırsan nefesini kesen bir mutluluk bahşeder sana. İsyan etme. Kalbinin belli bir kapasitesi var. İçinde ya sevgi olur ya nefret. İkisi bir arada bulunamazlar. Eski sevgilinden nefret etmeye devam edersen bir süre sonra kalbinde sevgi kalmayacağı için hiç suçu olmayan başka şeylerden de nefret edeceksin. İnsanlardan, hayvanlardan, hatta ağaçlardan nefret etmek için sana kötülük etmiş olmalarını beklemeyeceksin. Hatta Rabb'inin oluşturduğu sisteme bile şüpheyle yaklaşacak, Rabb'in tarafından sevilmediğine inanacaksın. Sevmeyi dene. Sonsuz bir okyanusun içinde bir su damlası kadar yer kaplıyoruz ama sevgi dolu bir yürek içine dünyaları sığdırabiliyor.

Ayşe: Ama affedersem ona artık beddua edemem ve yaptıklarının hepsi yanına kar kalır.

Zehra: Sen unutsan da Rabb'in unutur mu sanıyorsun? Allah'a havale edeceksin ama bunu gerçekten yapacaksın ve içine dolan rahatlama hissiyle nefretin yavaş yavaş yok olduğunu göreceksin. Eski sevgilin her koşulda cezasını çekecek ama nasıl çekeceğine sen karar veremezsin. Temas ettiği başka hayatlar, o hayatlar için yazılmış başka kaderler varken aradan çıkıp gitmelisin. Senin önerdiğin felaket senaryoları yerine her şeyi bilen ve gören Rabb'inin daha yaratıcı planları olduğunu unutma.

Ayşe: Benden en önemli şeyi çaldı. Güven duygum artık yerle bir. Önüme bakmaya çalışsam da karşıma çıkan hiçbir erkeğe güvenemeyeceğim.

Zehra: Rabb'ine teslim olmayı dene. Başıma gelen her işte bana daha hayırlısını vereceğini bildiğim için sabrediyorum de. Senden bir şey aldıysa emin ol sana daha güzelini vermek için rahmet kapılarını sonuna kadar açmıştır. Tam bu sırada dua et. Eski sevgilin için kötü dualar değil, kendin için güzel dualar et. Rabb'inle konuş. Onu ne kadar sevdiğini ve ona güvendiğini fısılda. O senin karşına daha beterini çıkarmayacak. O senin için hayırsız olan birini senden uzak kıldı. Sen bir kez aldatıldın ama dünya üzerindeki bir sürü insan da aldatıldı. Yani bu ilk defa senin başına gelmiyor. Güzel düşünür ve Rabb'ine yürekten teslim olursan, bu kötülükten öğrenmen gerekeni alırsan bunu bir daha asla yaşamayacaksın. Ama Rabb'inin adaletine kuşkuyla yaklaşırsan ve adaleti beddualarla kendin yazmaya çalışırsan kalbine nefreti doldurup yine aldatılırsın.

Ayşe: Ama onu affedersem onun bana yaptıklarını da yok saymış olurum ve bana tekrar geri dönmeye kalktığında onunla yeniden birlikte olmaz mıyım?

Zehra: Onu affet ama onun sana yaptıklarını unutma. Yaşadığın her kötü deneyim senin için bir tecrübe. Tecrübelerini yok sayarsan hayat sana hiçbir şey öğretmiyor demektir.

Ayşe: Peki, onu nasıl affedeceğim?

Zehra: Rabb'ine güvenerek. Senin hesabını senin için tutan bir kalem olduğunu unutma. Sen başına gelenlere isyan etmemekle yükümlüsün. Sana bahşettiği en güzel armağan yaşamak. Hiç ölmeyecekmiş gibi bu dünyaya, yarın ölecekmiş gibi ahirete hazırlanmamız gerekiyor. Dünyada çok daha büyük acılar ve düzeltilmesi gereken haksızlıklar var. Sen de birilerinin elinden tutmaya çalış. Yavru bir kediyi besle, yeni ekilmiş bir ağacı sula, kitap alamayan bir çocuğa kitap hediye et. Sevgi vermektir. Karşılık beklemeden yaptığın bu küçük iyilikler kalbini sevgiyle doldururken, nefretin de yok olduğunu göreceksin. Eski sevgiline duyduğun nefret de böyle yok olup gidecek.

Ayşe: Ama neden ben? Neden aldatılan bir başkası değil de ben oldum?

Zehra: Başına güzel şeyler geldiğinde de bunu soruyor musun? Güzel şeyler yaşarken de bu soruyu sorsaydın şu an hakkının yendiğini düşünebilirdim. Sonsuz haz ve mutluluk yoktur dostum. Biz insanlar ne yazık ki durmamız gereken noktayı bilmeyen varlıklarız. Rabb'im de bizi bu noktada sınava tabi tutuyor. Önce sadece arabamız olsun istiyoruz ve oluyor, sonra üzerine bir de ev istiyoruz o da oluyor ama o ev bir süre sonra bize yetmiyor. Başkalarında daha güzelleri varken ve onlar daha mutlu yaşıyorken biz neden sefalet çekelim ki? Sahip olmak istediğimiz şeyler arttıkça zaten mutsuz olduğumuzu göremiyoruz. Oysa elimizdekilerin değerini bilsek, gözümüz yukarıda değil, sahip olduklarımızda olsa zaten mutlu olacağız. Mutluluk çok eşyaya, lükse ya da her şeye sahip olmakla ilgili değildir. Tam tersine mülk arttıkça açlık da artar. Sahip olduklarını düşün. Yaşadığın güzel şeyleri, seni seven insanları, hâlâ bitmeyen iyiliği... İsyan edip sorgulamaktansa, şükür edip önüne bakmalısın.

Ayşe: Çok fazla iyi niyetliydim ona karşı.

Zehra: Şimdi aynı iyi niyeti kendine karşı göstermelisin. Unutma ki; hayat, varılacak bir istasyon değil, bir yolculuk biçimidir ve değişim esastır. Allah, herkesi iyiye ve güzele yöneltmek için mesajlar gönderir. Sen bu kez sana gönderilen mesajı okuyabildin.

Ayşe: Aslında yaşadığımız sıkıntıların hepsi birer mesaj.

Zehra: Kesinlikle. Kaderini değiştirecek olan da karakterini belirleyen de mesajlara verdiğin tepkilerdir. Kolay olduğunu söylemiyorum ama düştüğünde nasıl kalktığın önemlidir.

Ayşe: İnsan bazen bütün acıları kendisi yaşıyormuş gibi hissediyor.

Zehra: Haklısın ama bütün güzel şeyler başkalarının başına geliyormuş gibi düşünme. Acını yüceltip, mutluluğunu küçümseme ve en büyük acıyı kendinin yaşadığını düşünme. Gözlemle ve insanları dinle. Mükemmel bir hayat yok. Ancak güzel bir hayat yaşayabilirsin bunu unutma.

Ayşe: Aslında eski sevgilimle beraber geçirdiğim zamanlar tamamen kayıptı.

Zehra: Asla değildi. O an ona ihtiyacın vardı. Şu an olduğun Ayşe olabilmek için onunla zaman geçirmen gerekiyordu.

Ayşe: Kayıp olan tek zaman dilimi ona nefret duyarak hayatımı yaşayamadığım beş ay.

Zehra: Ama o bile bir şeye sebep oldu. Nefretin sana verdiği kötülükleri görüp, ondan kurtulman için beş ay boyunca sana dünyayı zindan etmesi gerekiyordu. Bazen boğazımıza kadar gelmeden göremeyiz gerçekleri.

Ayşe: Onu bütün kalbimle Allah'a havale ediyorum. Onun yaşayacağı acıyı bekleyecek kadar uzun vaktim yok. Ben değerliyim. Rabb'im koruyan ve gözleyendir. Ben kendimi onun adaletine teslim ediyorum ve benim için yazdığı yeni güzellikleri bekliyorum.

Kendime Not:

....

....

....

....

....

Gerçek Mucize Kendine İnanmaktır

"Haksızlığa karşı haksızlık yapmak istersin,
Ama bazen haksızlık etti diye vazgeçemezsin sevmekten!
Senin canını yakanın canını yakmak istersin,
Ama sonunda yaktığın da o canı,
Asıl haksızlık ona üzülmeden edemezsin!"
Hakkın olanı almak hakkın olmayabilir her zaman, bilemezsin!

Biz böyleyiz işte dostum,
Güzel kalpliyiz, haksızlık etsek bile üzülen taraf oluruz!
Canının yanmasına üzülmek,
Başkasının canını yaktığın için üzülmekten daha iyidir.

"Canı yanan sabretsin,
Can yakan, canının yanacağı günü beklesin."

Hz. Muhammed

"Nasipte var ise el getirir, sel getirir,
Nasipte yok ise el götürür, yel götürür, sel götürür."

Ne güzel demiş Mevlana,

Hayat ne getirir bilinmez ama atalarımızdan duyduğumuz en güzel cümlelerden biridir; nasibinde yoksa dayak bile yenmez!

Şu an ayakkabıların yırtık ve yenisini alacak paran bile olmayabilir ama nasibinde var ise, sen de iyi kalbinle sebat ederek, dua ederek, gayret ederek nasibini kovalarsan eğer, yarın sana ayakkabı yerine araba verebilir Rabb'in, hatta öyle ki hayalini bile kuramadığın şeyler sana nasip edebilir Rabb'in...

Bilemezsin...

Nasip beklemeyi sever,
Sen ona koşar adımlarla gitmeyi bilmelisin.

Dua Kader Değiştirir adlı romanımda çok güzel bahsetmiştim, bu konuda gerçek bir hikâyeden esinlenerek kaleme aldığım 21 yaşındaki bir gencin bir dua ile kaderinin ve nasibinin nasıl değiştiğini anlatmıştım.

Şimdi ise nasip ile ilgili kısa ibretlik bir hikâye anlatacağım sana dostum.

Adam evde otururken tutturur tatile gitmek ve kafamı dinlemek istiyorum diye. Eşiyse hiç istemez bu tatili ama adamın o kadar ısrarına dayanamaz, istemeye istemeye yola çıkar.

Issız bir yolda giderken birdenbire kadın inanılmaz bir baş ağrısı çekmeye başlar, adam başta kadının bunu tatili zehir etmek için yaptığını düşünse de sonrasında anlar ki gerçekten durum vahim hâle gelmek üzeredir.

Hemen geçtiği yollardan birinde küçük bir doktor tabelası gördüğünü hatırlar ve arabayı o istikamete doğru sürer.

Kısa boylu, çelimsiz, beyaz ceketli bir doktor onları karşılar ve kadına baktıktan sonra direkt içeri alır, muayene eder ve adama:

"Eşinize hemen beyin ameliyatı yapılması gerek, şehre inseniz korkarım geç olacak, bense burada tek başınayım, elimden geleni yapmaya çalışırım, söz veriyorum size ama mesuliyet kabul etmem!"

Adam eşine doğru bakar eşi perişan bir hâle gelmiştir,

"Tamam, doktor bey size güveniyorum, başka da bir şansım yok zaten, başlayalım," der.

Ameliyata başlar doktor ve ameliyatın en can alıcı noktasında kapı şiddetle çalar, adam eşini bırakıp kapıyı açmaya gider.

Kapıda iki üniformalı adam beklemektedir.

Adam şaşırarak buyurun diye karşılar onları.

Silahlı olan;

"Bizim bodur doktor yine elimizden kaçtı, her defasında buraya gelir, burada mı?"

Adam şaşırarak "Siz kimsiniz?" diye sorar.

"Biz tepedeki akıl hastanesinin nöbetçileriyiz, doktor nerede?"

Adamın başından kaynar sular dökülmüştür resmen,

Her şeyi bir anda anlamıştır!

Adam delidir, doktor değil!

Üniformalı adamlara "Hemen ambulansı arayın, hemen!" diyerek, ameliyathaneye doğru koşmaya başlar, kapıyı açtığında doktor ameliyatı çoktan bitirmiştir.

Güvenlik görevlileri yakındaki akıl hastanesinden hemen ambulans çağırırlar ve ambulansa kadını yerleştirirler; bir yandan da doktoru akıl hastanesine geri götürürler.

Adamın ambulans şoförünü kendi doktorlarına götürmesi için ikna etmesiyle doktorun özel muayenehanesine giderler.

Adam kadının öleceğini düşünür ve tek suçlunun kendisi olduğunu hisseder!

Kadınsa kendine gelmemiştir aradan saatler geçmesine rağmen.

Doktorlar kadını muayene ettikten sonra adamın yanına gelir ve adam üzgün bir ses tonuyla hemen sorar:

"Doktor, eşim nasıl?"

Doktor:

Hayretler içerisinde bir yüz ifadesiyle:

"Eşinizin hayatı mucize bir ameliyat sonucu kurtulmuş, sakin olun, üzülmeyin, endişe edecek hiçbir şey yok. Yalnız benim kafama takılan bir şey var!

Bu ameliyatı yapabilecek tek doktor var, o da 6 yıldan beri akıl hastanesinde. Bu ameliyatı kim yaptı?"

Nasip böyle bir şey işte!
"Sen ne kadar hesap yaparsan yap,
Hesapta olan değil,
Nasîpte olan gelir başına!"

Veda vakti;

Dostum,

Başkalarını bir koyun gibi takip ettiğin sürece asla kim olduğunu öğrenemeyeceksin!

Kendi yolunu takip ettiğin sürece ne kadar büyük bir potansiyele sahip olduğunu göreceksin.

Kendine inanan bir insanın başkasının ona inanmasına ihtiyacı yoktur, kendin olma cesaretini göster, kalbinde ne varsa onu takip etme cesaretini göster!

İnsanların "Yapamaz." ifadelerinden ziyade, "Keşke ben de onun gibi olsam." sözlerini söylemelerini tercih et, kendine inan!

Tek başına savaş veren insan tek başına güçlüdür!

Kimse senin kim olacağına karar veremez, bugün başlayarak buna sen karar verebilirsin!

Kimse senin hayallerini gerçekleştiremez, bugün başlayarak bu hayalleri sen gerçekleştirebilirsin.

Hayat bir ağaç gibidir; mevsimine göre yaprak döker, mevsimine göre tekrar yeşillenir, bir bakarsın kupkuru dalları vardır, bir bakarsın ki meyve verir.

Hayatın her mevsimini yaşaman gerekiyor evet ama sen yaprak dökümünü yaşarken bu ağaç artık yeşillenmez deyip umutsuzluğa kapılıp suyunu kesersen, yeşilliği asla göremezsin...

Dünde yaşamaktan vazgeç.

Dün seni bugün kurtarmaz, bugününü mahvettiğin gibi yarınını da mahveder.

Dün yaşadığın ne varsa sırtında bugününe taşımanın anlamı yok, zaman geri gelmeyecek, en değerli şey şu an yaşadığın zamandır.

Sana hayatın içerisinde olan birçok şeyi göstermek istedim, aslında bildiğin ama gözden kaçırdığın şeyleri hatırlatmak istedim.

İyiliğini hatırla,

Gücünü hatırla,

Cesaretini hatırla,

Kendini hatırla,

Ölmek için yaşıyoruz bu dünyada, ölümü aklından çıkarma...

Yarın yaparım dediğin hiçbir şey kalmasın!

Dün de yarın demiştin, hatırlasana.

Dün, yarın dedin ve bugün oldu, evet ama ya yarın olmazsa?

Sen değerlisin,

Sen kıymetlisin,

Sen yaparsın demeyeceğim!

Kalk ve kendine;

Ben değerliyim, ben kıymetliyim, ben yapabilirim de!

Bunu kendinden esirgeme...

Kendine iyi bak dostum, kendine iyi bakabilecek tek kişi sensin...

Son bir hikâyeyle Allah'a emanet...

Olumsuzu olumluya çeviren
ilk insan olmayacaksın!
İmkansız değil,
İlk önce kendine inanacaksın!
Geç değil,
İlk önce içindeki mucizeye inanacaksın!

Gerçek Mucize Kendine İnanmaktır

Bir lisede rehber öğretmeni sınıfa girer ve derse şöyle başlar;

"Düşünün ki bugün dünyanın son günü, 24 saat sonra her şey bitecek ve kurtuluş ihtimaliniz %0. Bu 24 saatte ne yapardınız?"

Öğrencilerden farklı cevaplar gelir:

"Allah'tan af dilerdim."

"Bütün sevdiklerimle kucaklaşırdım."

"Üzdüklerimi arar özür dilerdim."

"Sevdiğim insanları son ana kadar yanımda tutardım."

"Ailemle son ana kadar vakit geçirir, gönüllerini hoş eder, dualarını alırdım."

"Fakir fukara doyururdum."

"Üzerimde kul hakkı olan kim varsa helalleşirdim."

"Son ana kadar başımı secdeden ayırmazdım."

"Güneşin doğuşunu ve batışını seyrederdim."

"Hayatta en çok istediğim şeyleri yapardım."

"Gitmek istediğim yere gider orada ölümü beklerdim."

Cevapları duydukça hoca hepsini tek tek tahtaya yazar ve sonunda gülerek sorar:

"Bunları yapmak için dünyanın son günü olması şart mı?

Ölüm diyoruz, her an ensemizde değil mi?

Yaşamak için garantiniz var mı?

Bunları yapmak için daha ne bekliyorsunuz!

Bu gaflet niye?"

Sen mutsuz bir insan değilsin,
Sadece hayatında bir boşluk var,
onu doldurman gerektiğinin farkında değilsin!

Sevgili okuyucum,

Kitabım ile ilgili yorumunu Instagram'da @ethemnemutlu adresine mesaj olarak gönderebilirsin.

Siz okuyucularımın yorumları benim için her şeyden ötedir.

Saygılarımla.

Ethem Emin Nemutlu

Her şey güzel derken başına öyle şeyler gelir ki "Yandım!" dersin, "Bittim!" Düşersin...

İşte o an, içindeki iyilik çıkıp gelir ve kapını çalar. "Kalk!" der, "kalk!"

Tutar elinden, karanlığı yırtar ve seni güzel günlere götürür. Korku nedir bilmez iyilik.

Aydınlık, karanlıktan korkar mı hiç?

Kötü günler ile karşılaştığında iyi niyetten başka!

Niyetin ne kadar iyiyse, Allah o kadar seninle.

Nasibin ise niyetinde gizli...

Alsa da elinden yoğunu varını, döner dolaştırır geri verir sana hakkını!

Olmaz deme asla!

Olur!

Unutma ki Allah isteyince, kuşlar filleri yener azizim!

İnsanın kaderinde öyle bir kırılma noktası vardır ki tam isyan edeceğin an, evet, işte o an ufacık bir dua ile kaderinin yönünü avuçlarındaki gözükmeyen tılsımla değiştirebilirsin. Her gecenin nasıl bir sabahı varsa her derdin de bir sonu var. Düştükten sonra kalkacak ve üstünü silkeleyip tekrar devam edeceksin koşmaya... Ve unutmayacaksın ki Allah yanında, seninle birlikte... Eğer yüreğinde Rabb'in varsa, bu hayatta kimseye ihtiyacın yok demektir. Her şer denilen şeyin içinde kocaman bir hayır var, sakın unutma.

Hz. Mevlana'nın şu dizesi ne de hoştur aslında: "İyi değilim demek ne haddimize? Şükürler olsun her halimize!"

Hangimiz sevmedik ki…

Hepimizin içinde kabuk bağlamış ama bazen ince ince kan sızdıran bir yara yok mu?

Unutulmayan, hatırlandığında yüzünde acı bir tebessüm oluşturan eski bir hatıramız yok mu?

Çoluk çocuk, torun torba sahibi olsak bile ezkaza bir yerde karşılaşsak, göz göze gelsek, sol tarafımızdaki keskin yaramızı acıtacak o kişiyi görünce ne yaparız, söylesene!

"Kaç yıl geçti bak, hâlâ son bakışın miras bana!" diyesimiz gelmeyecek mi ona?

Hangimiz sevmedik ki…

Sevmek, geçmişte olup biten bir şey de değil hani…

Her an sevebilirsin, şimdi bile…

Ve unutma ki; sevmenin yaşı, zamanı, mevsimi yoktur…